ハヤカワ
時代ミステリ文庫

〈JA1493〉

居酒屋こまりの恋々帖《れんれんちよう》

おいしい願《がん》かけ

赤星あかり

早川書房

8699

目次

居酒屋こまりの恋々帖《れんれんちょう》

おいしい願《がん》かけ

登場人物

こまり……………………居酒屋〈小毬屋〉店主
ヤス………………………大酒飲みの催しに出た罪人
野槌………………………江戸を騒がす賊。美酒、高級食材、珍味ばかりを盗む
与一………………………こまりの祖父。酒倉〈水毬屋〉を営んでいた
栄蔵………………………居酒屋〈白河屋〉店主
宗右衛門…………………こまりの元夫
つぐみ……………………うずらを眺めていた女の子
鬼月銕之丞………………自らを人斬り剣士と言いはる武士
白旗………………………銕之丞の同志
玄哲………………………〈小毬屋〉に通う僧侶
市川隼之助………………若い娘に人気の役者。市川座の座長
すもも……………………芝居小屋でこまりが出会った絶世の美女
伝蔵………………………ゴロツキに追い回されている男
大野屋惣八………………江戸随一の書物の蒐集家
山東京伝…………………戯作者。希代の異才
蔦屋重三郎………………本の版元。京伝を陰ながら支える

第一献　うずら鳴く

こまりは雪が深く積もる如月《きさらぎ》の季節がなによりも好きだった。

こまりの家は白河の城下町で造り酒屋『水毬屋《みずまりや》』を営んでいる。

凍てつく寒さに手がかじかみ、息が白くなっても、酒蔵のなかは華やかで瑞々しい甘いにおいに満ちあふれていた。

「今年の酒は絶品だぞ。なにより豊作で米がよかった。いつまでも下り酒なんぞに負けんわい」

この季節になると、大好きな祖父はいつにもまして闊達《かったつ》で生き生きとしていた。

「おじいちゃん。これ、なあに」

こまりは祖父を見上げて、軒先に吊るされた緑色のまるい杉の玉を指さした。

祖父は毎年欠かさず杉の玉を軒先に吊るす。

正月の門松を飾る時よりも節分の豆をまく時よりも、杉の玉を吊るす時のほうが祖父は一番幸せそうだった。

祖父はしわだらけの顔をくしゃくしゃにして口もとをゆるめる。

「この杉の玉は酒箒《さかぼうき》というんじゃ。新しい酒ができたぞとみなに知らせるための合図じゃな」

「狼煙《のろし》みたいなもの？　あたし、大きくなったら侍になりたいの」

こまりは昨日、近所の悪がきたちと戦《いくさ》ごっこをした。

戦場では仲間への合図に狼煙をあげるのだと聞いた。

こまりは花をつんだり、お人形で遊んだりといった女の子の遊びが好きではなかった。

いつも悪がきたちと野山をかけまわって遊んだ。

木登りや戦ごっこをするほうがよっぽど楽しかった。

祖父は豪快に笑った。

「そりゃあいい。こまりはおなごにしておくにはもったいないわい。戦場にでたら、さぞ勇ましい猛将になりそうじゃ」

こまりは祖父に褒められ、とても誇らしく胸をおどらせた。

ぎゅうっと力をこめて、祖父のごつごつとした手をにぎる。

「でもね、侍も捨てがたいけど、やっぱりおじいちゃんみたいになって、みんなにおいしいお酒をつくってあげたいな」

母や父に話せば、おなごらしくしなさいと叱られる。

男の子と遊んだり酒蔵に入るだけで、こっぴどく叱られた。

だが、祖父はけっして怒ったりなどしなかった。

いつも穏やかにうなずいて、どんな話も聞いてくれた。

祖父だけがこまりの味方だった。

「ねぇ、おじいちゃん。こまりも大きくなったらお酒をつくりたい。とびきりおいしいお酒ができたらおじいちゃんみたいに酒箒を吊るすの！」

祖父は白眉をさげて、目をほそめた。

「そうか。水毬屋を守ってくれるか」

しわの多いやわらかな手がこまりの頭をそっとやさしく愛撫した。

「うん！　ずっとずっと水毬屋を守るよ！」

こまりが破顔すると祖父の口もとからも笑みがこぼれた。

「水毬屋も安泰じゃな」

「うん。お酒ができたら酒箒の狼煙をあげて、みんなに知らせるよ！」

祖父と幼子の間にかわされた約束はやがて遥か遠い昔の誓いとなった。


月日は流れ、寛政二年（一七九〇）。

うだるような夏の暑さも日没とともにやわらぎ、涼しげな微風の吹く水無月《みなづき》の宵のこと。空には糸のようにほそい繊月《せんげつ》がぽっかりと浮かんでいる。

江戸両国橋では酔狂な酒問屋の主《あるじ》、伊左衛門《いざえもん》の催《もよお》しで大酒呑み大会が開かれていた。

浪人が真紅の盃を呑み干すと両どなりにいた力士がたてつづけにあおむけに倒れた。

肉づきのいい力士たちは白目を剝《む》き、口から泡を吐いている。

だが浪人は微動だにせず、けろりとして口もとをぬぐう。

浪人の顔の倍はあろうかという大きな盃をもう一度さしだした。

「もう一杯」

野次馬がどよめいた。

「まだ呑むのか？　もう一斗以上は呑んでいるぞ」

「妖かしのたぐいじゃねぇのか？　あのほそい体のどこに入るってんだ？」

「あの浪人の血は酒でできてんのか」

我こそはと酒豪を名乗る者たちが浴びるように酒を呑み、ばったばったと倒れていった。

五十人近くいたはずの挑戦者は一人また一人と限界が訪れ、今でも呑みつづけているのはたったの二人だ。

一人は華奢《きゃしゃ》な総髪の浪人である。

透き通るように肌が白く黒目勝ちで、鼻梁《びりょう》は高く、女のような風貌《ふうぼう》である。

「こっちにもおかわりだァ！　さっさとそそぎやがれ！」

かたや一人は額に犬という字の入れ墨を彫《ほ》った人相の悪いやくざ者である。

浪人が顔色ひとつ変えていないのにくらべて、やくざ者は顔も赤黒く、ろれつもまわっていない。限界が近いのは明らかだった。

「おい、そこの素浪人。俺ァ、咎犬《とがいぬ》のヤスって者だ。おまえさん、名前は？」

やくざ者はくだを巻いて浪人にからんだ。

「こまりと申す」

浪人は素気なく淡々とこたえた。

「こまりだァ？　ずいぶんと優男のなりだが名前まで女みてぇな野郎だ」

「大酒呑み大会に身形《みなり》も名もいらぬ。一滴でも多くの酒を呑み干した者が勝つのだから」

こまりは赤い盃になみなみとそそがれた清酒をぐいっと呑み干す。

「ずいぶん余裕じゃねぇか。わかってねぇのか？　この大酒呑み大会が開かれた真の狙いが。俺たちはただの余興。妖盗野槌《のづち》を誘《おび》きだす餌《えさ》にすぎねぇってことをよ」

咎犬のヤスが負けじと盃を呑み干した。

給仕は慌てて酒をそそぐ。

「野槌とは何者だ？」

「さてはおまえ、江戸の人間じゃねぇな。田舎者のにおいがぷんぷんしやがる」

ヤスはまるで野犬のように鼻をひくつかせた。

こまりは不快そうに眉をひそめる。

「貴様にいわれる筋合いはない。罪人の額に犬という入れ墨を彫るのは芸州の刑罰だと聞いたことがある。田舎者はおたがいさまだ」

「んだとこらぁ！　誰が罪人だ！」

ヤスは荒々しく酒樽《さかだる》を蹴《け》った。

酒がこぼれ、給仕がおびえてふるえあがる。

「おまえ、本当に野槌を知らねえのか？　だったらどうしてこの大酒呑み大会に参加した？」

「この大会の賞品はくだり諸白の上級酒《天命》と聞いている。灘《なだ》でつくられた極上の名酒を一度でいいから呑んでみたいと願っていた。ほかに理由などない」

「ハァ？　売れば十両はくだらねえ幻の名酒まで腹にぶちこむ気かよ？」

「高かろうが安かろうが酒は味わって呑むものだ。呑まずにどうしろというのだ」

ヤスはにやりと笑った。

「いいか。もぐりな田舎者に野槌について教えてやるぜ。耳の穴かっぽじってよく聞きな」

ヤスはもったいぶってふんぞりかえる。

「野槌ってのは、今一番江戸を騒がせている盗賊よ」

「ほほう。野槌はこの大酒呑み大会の賞金を狙っているのか？」

「ああ。だが野槌はそんじょそこらのただの押しこみ強盗とはわけが違うぜ」

「どう違うというんだ？」

「金子や宝石には目もくれず、美酒や高級食材、珍味ばかりを盗んでいくとんでもない美食野郎だ」

「ほう、ずいぶんと物好きな強盗もいたものだな」

「むろん狙うは大名屋敷や肥え太った商家ばかり。殺さず、犯さず、貧しい者からは奪わねぇ。今じゃ江戸の庶民にとっちゃぁ、石川五右衛門と肩をならべるくらいの義賊ときたもんだ」

ヤスは貪欲そうなするどい眼光を放った。

「金持ちな伊左衛門は道楽で妖盗野槌を捕まえる気なのさ。《天命》はそのための餌《えさ》だ。派手に大酒呑み大会をやれば、野槌は嗅ぎつけてやってくる」

ヤスはぐいっと盃をあおった。口のはしから水滴が飛び散った。

「俺ァ、この大酒呑み大会に勝って野槌も捕まえる。賞金首をいただくのはこの俺、咎犬のヤス様だァ！」

ヤスは叫ぶと同時に袈裟斬りにでもあったかのようにばったりとうしろへ倒れた。とたんに大の字で高鼾《たかいびき》をかきはじめる。

わっと歓声があがった。こまりの勝利が決まった。

「美食妖盗野槌……。なるほど、そいつは好都合だ。拙者は運がいい」

こまりが舌なめずりをしたその刹那、煙幕があがった。

白煙に呑みこまれ、視界が奪われる。

「なんだ！」

「なにが起こった！」

野次馬たちは混乱し、押しあい圧しあいもつれあう。

怒声が飛びかった。周囲は喧騒と化している。

こまりはふらりとたちあがると静かに抜刀した。

酒樽をかつぎあげる人影がうっすらと見えた。

野槌にちがいない。

妖盗は背丈が六尺もあろうかという大男であった。

二本角の鬼面をかぶり顔は見えなかった。

真ん中にあいたふたつの穴から仄暗い眼がのぞいている。

鬼面では隠しきれない白髪が夜風になびいていた。

「その賞金首、拙者がいただこう」

こまりは一気に間合いをつめ、野槌の背中越しに斬りかかった。

「観念せい！　怪盗野槌！」

だが野槌は酒樽の重さをものともせず、ひらりと身をひるがえす。

「ふっ……。女の身でよくぞそこまで酒を喰らって動けるものよ」

鬼面の下で嘲笑うかのような低い声が響く。

こまりを一目で女と見抜いたようだ。

「あっさりばれたわね。でも馬鹿にしないで」

「それになんだそのかまえは。素人剣法まるだしのへっぴり腰だな。それでは猫一匹斬れぬぞ」

「うるさい！　酒樽をかえしなさい！」

こまりはきつくにらみつけて、ふたたび斬りかかる。

だが野槌は高い跳躍で飛び退《しさ》った。

こまりは不覚にも足もとがふらついた。

地面が割れるようにぐらぐらと視界がゆれ、めまいがした。

「しまった。呑みすぎた……！」

こまりはそのままうしろに倒れ、朦朧《もうろう》と意識を失った。


「あ〜……、お水……。気持ち悪い……」

こまりは水瓶《みずがめ》をのぞきこみ、ひしゃくで水をがぶ飲みした。

大酒呑み大会から一夜明け、地割れのような頭痛とともにこまりが眼を覚ましたのは、日も天高くのぼりきった頃合いであった。

まばゆい日の光が肌につき刺さる。

二日酔いで頭が割れそうだ。

まるで季節はずれの除夜の鐘を耳もとでひたすら突かれている心持ちである。

普段は気にもとめぬ蟬《せみ》の鳴き声でさえ、うるさくてたまらない。

「いつまでだらだらしているんじゃ。昼の鐘もとっくに鳴ったぞ」

こまりは栄蔵《えいぞう》のあきれた視線を背中越しにあびた。

ふらふらとした足どりで、こまりは床几《しょうぎ》に腰をおろす。

こまりのぐったりとした情けない姿に栄蔵の小言は増えるばかりだ。

「まったく女の身空で大酒呑み大会にでるだなんて、とんだ無茶をやるもんじゃよ」

こまりはこめかみをおさえながら唇をとがらせた。

「だって白河屋の宣伝にもなるし、賞金ももらえて一石二鳥でしょ」

「まったく。店を手伝ってくれとは言ったが宣伝だなんて頼んだ覚えはないよ」

栄蔵はあきれた様子でぼやき、こまりの目の前にそっと椀《わん》をおいた。

湯気のたちのぼる椀のなかに、ぱっくりと大きく口を開いた小粒の貝が見え隠れしている。

「わあ！　しじみ汁！　あたし、大好き」

「二日酔いにはしじみ汁だ。これを飲んで元気になったら、今日も店を手伝っておくれよ」

こまりは飛びついて、しじみ汁をすすった。

爽快な磯の香りが鼻を抜けていく。味噌の深いコクが五臓六腑に染みわたる。

こころなしか頭がすっきりとして身体が軽くなった気がした。

「昨日の大酒呑み大会でばっちり宣伝したから、今夜こそ白河屋は大繁盛よ。覚悟しておいてね」

大酒呑み大会は瓦版でも大きく扱われている。

巷で話題の妖盗野槌が現れたのだから当然だ。

こまりも大会に勝って瓦版の矢立屋《やたてや》（記者）から話を聞かれた。

こまりは野槌がどうだったか話を教えるかわりに白河屋を宣伝してくれと頼みこんでおいた。

白河屋は栄蔵が営む居酒屋だ。

日本橋大伝馬町の宝田稲荷のほど近くにある。

人通りは悪くないが流行っているとは、とてもいい難い。

こまりもおしかけて余分な食い扶持となっていることが心苦しかった。

白河屋には繁盛してもらわねば困る。

「客が増えりゃそりゃあうれしいがわしの腰がもつかねえ……」

栄蔵は苦笑して腰をさすった。

今年で還暦を迎える栄蔵は店を畳んで隠居してもおかしくない歳であった。

三年前から腰を悪くし、長時間のたち仕事はできなくなっていた。

「大丈夫。栄蔵さんのぶんもあたしがうんと働くから」

こまりは栄蔵の心配をよそに得意げに胸を張った。

「それよりも悔しいのは妖盗野槌の一件よ。思いだしただけでも腹がたつわ……」

野槌をとり逃がした昨夜の情景を思いかえし、こまりは頭を抱えて悶絶した。

昨晩は大酒呑み大会で勝つことばかりを考えていたが、野槌を捕まえるとなれば呑む配分だって工夫したものだ。

「男の格好をして男の部にでるだなんて、危なっかしくて見ていられんよ」

「だって、どうしても《天命》が欲しかったの。勝てたんだから問題ないわ！　誰も女だなんて気づかなかったし」

ただ一人。妖盗野槌をのぞいて。

「まったく。賞金首の盗賊を追うなんざ、やめておくれ。なにかあったら、わしはあの世で与一《よいち》にあわせる顔がないよ」

栄蔵は渋面をつくった。

与一とはこまりの祖父のこと。

栄蔵は祖父の古くからの友人だ。

「縁起でもないこといわないで。あたしは大丈夫だからさ」

こまりは明るく笑った。

「与一だって、今のこまりを見たらなんというか」

「おじいちゃんならやりたいようにやってみろって豪快に笑い飛ばしてくれると信じているわ。おじいちゃんだって若い頃は、日本中を旅しておいしいお酒と肴を探しまわっていたっていうし」

「放浪癖まで似ることはないんだがねぇ。与一とこまりはそっくりじゃよ。一度言いだしたら聞かぬところも頑固で強情なところも」

「えへへ」

「別に褒めてないわい」

栄蔵の心配のたねは尽きぬらしい。

「はやく白河へもどってお嫁にいったほうがいいんじゃないかい。こまりは器量よしだから、どこへいったってかわいがってもらえるさ。おなごの幸せというのはね、嫁いで家に尽くし、子を育てることさ」

「嫌よ。あたし、もう二度と嫁になんていかないわ。結婚なんてもうこりごり。それよりも一刻もはやく水毬屋をよみがえらせたいの。そのためには江戸でたくさんの金子を稼がないと……」

こまりは長々とつづきそうな栄蔵の説教をさえぎった。

大好きだった祖父が亡くなったのは、こまりが嫁にいく前年の出来事だった。

その後、水毬屋は長びく飢饉の影響で酒造りどころではなくなり、つぶれてしまった。

こまりが離縁され実家にもどった時には、もう水毬屋はなくなっていた。

蔵からは大好きだった麹《こうじ》のにおいはすっかり消え失せていた。

こまりが江戸へでてきたのは水毬屋をたてなおすためだった。

そのためにはたくさんの金子がいる。

風前の灯の小さな居酒屋に居候をしてちまちま小金を稼いだところで、らちはあかない。

賞金首を捕まえるくらいの派手な手柄をたてなければ、もろ手をあげて故郷へ帰れない。

「だがねぇ……。酒蔵は女人禁制だろう。こまりが水毬屋をたてなおしたいといっても、女の細腕じゃ無理だろうよ。せめて婿をとるなりしないと」

「それからのことは金子が貯まってから考えるわ。おじいちゃんとの約束だもの。水毬屋をたてなおす金子が貯まるまで田舎には帰らない」

栄蔵はいつだって正しい。

こまりを心配し、案じてくれていることもよくわかっている。

だが、こまりは聞く耳を持たなかった。

女に生まれてきたことがわずらわしい。

どうして男に生まれてこなかったのだろう。

こまりは生まれ育った酒蔵が好きなだけなのに。

ただ女というだけで酒蔵に足を踏みいれることすらゆるされない。

女は不浄な生き物などといったい誰が決めたのだろう。

祖父だけはこまりを差別しなかった。

いい酒の選びかた、麴のつくりかた、火落ちから守る方法、お酒の呑みかた、肴の選びかた……。

祖父は、こまりが望めばなんだって教えてくれた。

「あたしだって好きで女の身の上に生まれてきたわけじゃない。できるなら男に生まれて、おじいちゃんの跡を継ぎたかった……」

こまりは口惜しさに奥歯を噛みしめる。

「あいつの賞金さえ手にいれられたら……」

こまりは野槌をとり逃したことが悔しくてたまらない。

瓦版には野槌の賞金は百両とあった。

目が飛びでるほどの膨大な金額だ。

水毬屋をたてなおす充分な資金になる。

どうにかしてこの手で野槌を捕まえてやる。

こまりはこころのなかで強く誓った。

とっぷりと日も落ちると白河屋はいつにも増した人の入りで繁盛した。

じっとりと汗ばむ蒸し暑い夜であった。

「枝豆、もらえるかい」

「冷や、おかわり！」

「はいよ！　お待ち！」

厨房では栄蔵が次々と料理をこしらえている。

こまりはきりきり舞いで料理を運んだ。

これほど店が騒がしく忙しいのは久方ぶりだった。

瓦版に載ったのは正しかった。

こんなに盛況な白河屋をこまりは知らない。

満席の店内は客たちの笑い声で絶えずにぎわっている。

こまりは誇らしげに胸を張った。

と、その時だった。

「邪魔するぜ」

暖簾《のれん》をくぐって入ってきたのは人相の悪いゴロツキである。

「あんたは昨日の！」

咎犬のヤスであった。

「こまりって浪人がこの店に住みこんでいるだろう。そいつに用がある。だせ」

ヤスは横柄に告げた。

「その浪人だったらあたしだけど」

「おまえ！　男女だったのか！」

こまりが前にでるとヤスはおどろいて飛び退った。

「失礼ね。もとが女なのよ。男の姿が偽物なの。変装なの」

「は？　女ってのはもっと小柄で愛嬌があって可愛い生き物だろうがよ。関取よりも酒をがぶ飲みする化け物を女とは呼ばねえ」

ヤスは吐き捨てるように言った。

こまりがいくら着流しで帯刀し、浪人の格好をしていたとはいえ、化け物の扱いはおもしろくない。

髪を結い小袖をまとって本来の女の姿をしているのだから、むしろ美人で見違えたと褒めてくれてもいいではないか。

「で、あたしにいったいなんの用よ」

こまりは素っ気なく、つんとすましてたずねた。

ヤスの手にはくしゃくしゃにまるめられた瓦版がにぎられている。

額には青筋が浮かんでおり、機嫌はすこぶる悪そうだ。

「こいつを読んでよ」

ヤスはこまりの目の前に瓦版を突きだした。

ちょうど白河屋の宣伝がでかでかと載っている紙面が目に飛びこんでくる。

こまりは胸をはずませた。

「呑みに来てくれたの？　昨日つぶれるまで呑んだのに本当にのんべぇね」

「んなわけあるか、あほが！」

ヤスは突然怒鳴り散らし、床几《しょうぎ》を蹴飛ばした。

激しい音とともに、とっくりやちょこが床に叩きつけられた。

陽気に笑っていた客たちがとたんに凍りつく。

「てめぇのせいで野槌をとり逃しただろうが！」

「野槌をとり逃したのはヤスが酔いつぶれたせいでしょう。人のせいにしないで」

こまりはひるまずに言いかえす。だがヤスの怒りはおさまらない。

むしろ火に油をそそいだようだった。

「うるせえ！　あんなに酒をがぶ呑みする女がいると思わねえだろうが」

「野槌が目当てだったのなら、酔いつぶれたふりをしてやりすごせばよかったのよ」

「口の減らねえ女だな。ご丁寧に矢立屋にまでべらべらしゃべりやがって。咎犬のヤスも酔いつぶれたなんて書かれちゃ江戸中の笑いもんだろうがよ。ふざけやがって」

ヤスは、どうやら自分のことまで瓦版の記事にされたのが気に喰わないようだ。

「嘘は吐いてないわ。本当のことじゃないの。瓦版に載りたくなかったのなら、ご丁寧に名乗らなければよかったのよ」

こまりはふんっと気丈に鼻を鳴らした。

「なんだとぉ。もう一遍いってみろ」

ヤスがこまりの胸倉をつかみあげる。

こまりも負けじとにらみかえした。

「何度でもいってやるわ。咎犬だか負け犬だか知らないけど商売の邪魔をしないで」

「クソ女！　二度と人前で商売できない顔にしてやらぁ！」

ヤスがこぶしをふりあげた——その時。

「暴力はやめてくれ！」

栄蔵が厨房から慌てて飛びだしてきた。

「なんだ、てめぇは？」

ヤスはいぶかしげに栄蔵を見下ろした。

栄蔵はヤスの腰にまとわりつく。

「この店の主《あるじ》、栄蔵と申します。どうかここは穏便に……」

「俺は大事な商売の邪魔をされたんだ。それなりの迷惑料は払ってもらうぜ」

ヤスはにやりと意地の悪い笑みを浮かべた。

こまりはかっと頭に血がのぼる。

「ゆすりじゃないの！」

「うるせぇ！」

ヤスは栄蔵の老体を容赦なく蹴り飛ばした。

栄蔵の身体が床几にぶちあたり、低いうめき声がこぼれた。

とっくりと皿が壁に激しく叩きつけられて割れた。

「もうやめて！　いい加減にしないと、こっちだって黙っちゃいないわよ！」

こまりは箒《ほうき》を手にとった。

栄蔵が慌てて押しとどめる。

「やめなさい。ことを荒だてるな」

「なんだ。薄汚い箒で応戦しようってか？」

ヤスはあおりたてるように、にやにやと意地の悪い笑みを浮かべた。

「なめないで。これでも畑からたぬきを追い払うのは得意だったんだから」

こまりは栄蔵の手をふり払う。

箒を薙刀《なぎなた》に見たてて中段にかまえた。

「はっはっは！　ずいぶんな田舎剣法じゃねぇか。恐れ入ったぜ」

ヤスは腹を抱えて大笑いだ。目尻に涙まで浮かべている。

馬鹿にされるのは百も承知である。

こまりは剣客ではないし、剣法など使えるわけがない。

ただの見様見真似であるが、なにもしないよりはずっといい。

「やれるもんならやってみな」

ヤスは挑発するように手招きした。

こまりはヤスにむかって飛びかかり箒をふりおろした――その刹那。

「栄蔵さん！」

こまりとヤスのあいだに栄蔵が割って入った。

ふるった箒の柄は栄蔵の右腕を強く打ち、栄蔵はうずくまり苦しげにうめく。

こまりは箒を放りだして、栄蔵に駆けよった。

「うう……」

「けっ。ざまあねぇなァ」

ヤスは二人を見下ろして嘲笑った。

「また来るぜ。次来る時までに迷惑料を用意しておけよ。でなきゃ俺は何度でも暴れるぜ。こんなちっぽけな居酒屋、すぐにつぶしてやらァ」


夜陰のなか、こまりは急ぎ走って町医者の赤山《せきざん》を呼んだ。

赤山は海老のように腰のまがった老医者だが評判のいい名医である。

嫌な顔ひとつ見せずに一緒にきてくれた。

「よし。これで大丈夫じゃろう。しばらく包丁は持てんだろうがたいしたことはない。ただの打ち身じゃ。安静にしておけば、すぐによくなるじゃろうて」

赤山は治療を手際よく終えて、うまそうに煙管《きせる》を喫った。

栄蔵の腕には晒しが巻かれており、とても痛々しい。

表情は暗く沈鬱としていて口数も少なかった。

腕の怪我よりも心痛のほうがよほど深刻そうだ。

「しかし、咎犬のヤスとはのぅ。また厄介な男に目をつけられたもんじゃのぅ」

「先生。咎犬のヤスのこと知ってるの?」

こまりは栄蔵にそっと寄りそいながら身を乗りだしてたずねた。

「たちの悪いゴロツキじゃ。難癖をつけては他人の弱みにつけこんで、金品を巻きあげる外道じゃな」

赤山は鉤鼻《かぎばな》から白い煙を吐きだした。

「栄蔵さん、ごめんなさい……。大酒呑み大会になんかにでなければよかった。そうしたら咎犬のヤスにも目をつけられずにすんだのに……」

こまりは深く頭をさげた。こんなはずではなかった。

軽はずみな行動をしたせいで、栄蔵をとても傷つけてしまった。

店にもひどい迷惑をかけた。

自責の念で今にも押しつぶされてしまいそうだ。

「店は閉めようと思う」

栄蔵は生気のないうつろな目で、ぽつりとつぶやいた。

こまりは慌てた。

「弱気になることないわ。あたしが今までよりもっとお店を手伝うから。咎犬のヤスもあたしがなんとか話をつけるわ」

「そりゃ無理じゃ。危ない目にはあわせたくない。どのみちこの腕ではしばらく料理はつくれんしのぅ」

栄蔵は小さく頭をふった。晒しの巻かれた腕をさびしげにそっとなでる。

「赤山先生はすぐによくなるっておっしゃったわ」

「こまり。よく聞きなさい」

栄蔵はいつになくかしこまった口調で、こまりとむきあった。

「わしももう年じゃ。店もそろそろ人手にわたして隠居しようと考えていた。これもなにかの縁じゃ。こまりも白河の田舎へ帰りなさい」

こまりはしゅんとうなだれた。

「あたしのこと嫌いになった？」

栄蔵は困ったような笑みを浮かべた。

とても穏やかなやさしいまなざしでこまりを見つめる。

「そういうわけじゃない。わしは身寄りがおらんし、こまりは自分の孫娘も同然に思っておる」

「じゃあ、どうして」

「おなごの幸せはやはり嫁にいって子をなすことじゃ。けっして家を再興することや男のように仕事を求めることではない」

「栄蔵さん……」

こまりは言葉をつまらせた。

「しかし、江戸にこころ残りもあるじゃろう。すぐにでていけとはいわん。だが、国もとに帰ること真剣に考えてくれるな？」

栄蔵に強くさとされ、こまりはいいかえせなかった。

翌日、こまりは店にもどった。

まだ昼過ぎだというのに店内はひどく薄暗い。

明け方から降りはじめた雨はひどくなるばかりでやむ気配は微塵もなかった。

店のなかは昨晩の乱闘騒ぎのまま、割れたとっくりや皿の破片が飛び散り、ひどいありさまだった。しばらく店は休みだが片づけが必要だ。

こまりは深く嘆息しながらとっくりの割れた破片を拾い集めた。

日が暮れるまで無心で片づけに精をだし、ようやっと店が綺麗になった頃合いを見計らったようにもっとも見たくない顔がひょっこりと現れた。

「邪魔するぜ」

「暖簾はでていないはずだけど……。って、あんたずぶ濡れじゃないの」

こまりはそっぽをむこうとして目を見張った。

ヤスは傘も持たずにどこを歩きまわっていたのか全身濡れねずみであった。

足もとは泥だらけだ。

「うるせぇ。俺は客だぜ。もてなすのが道理ってもんだろうが」

ヤスはずかずかと遠慮なしに店にあがりこんでくる。

こまりは慌てて手ぬぐいを投げつける。

「掃除したばかりなんだからせめて拭いてから入ってよ！」

ヤスは面倒くさそうに荒々しく、手ぬぐいを頭からかぶった。

「飯、食わせろ」

ヤスはぶっきらぼうに言った。

まるで手負いの狼のように眼はぎらつき、気がたっている。

「しばらく店はお休みすることになったの。肴もなにもないわよ」

「腹、減ってんだ。あと酒だ。忘れんなよ。俺ァ、喉も渇いてんだ」

素っ気なく断っても、ヤスは傲慢で聞く耳をもたなかった。

こまりはあきれた。

ヤスはどかっと床几にあぐらをかく。

水滴と泥が飛び散って、こまりは嘆息した。

さっさとヤスを追いかえしたら、また掃除のやりなおしだ。

なにかふる舞わねば、ヤスは重い腰をあげそうになかった。

こまりは観念して厨房にたった。

なすのぬかみそ漬けと冷酒をだしてやることにする。

「じじいは元気かよ」

ぶっきらぼうにヤスは告げた。

「腕の怪我はたいしたことないけどひどく気落ちして寝こんでる。店を畳むっていいだすし……」

こまりはがっくりとうなだれた。

「だから迷惑料はとても払えないわ。それどころじゃないもの」

「そうかよ。だが俺には関係ねぇ。びた一文負けねぇからな」

ヤスの返事は冷酷だった。だが、どこかうわの空だ。

だされた酒をまるで借りてきた猫のようにちびちびとなめている。

表情も暗く箸《はし》も進んでいない。

大酒呑み大会の時の威勢のいいがむしゃらな呑みっぷりは消え失せていた。
「まずい酒だな……」
ヤスはぼそりとつぶやいた。どことなく元気がない。
こまりの脳裏に浮かんだのは晩酌を楽しむ祖父の姿だった。
祖父はいつも豪気に笑いながら語っていた。
酒には春夏秋冬の肴と呑みかたがある。
楽しみかたをまちがえなければ、酒はいつだって楽しく旨いものだ。
酒が旨く感じなくなった時、それはこころが痩せほそってきた兆《きざ》しなのだと。
酒を楽しむには肥沃なこころの壌土がいる。
憎らしい相手だが、大好きな酒をそんなまずそうな顔で呑まれては我慢がならない。
「ねぇ、なにか悩みでもあるの？」
こまりは眉をひそめて聞いた。
「はぁ？　ねえよ、そんなもん」
ヤスは一瞬ぎくりとした顔をして、視線をそらした。
こまりは苛だちまぎれに唇をとがらせた。
「せっかく心配してあげたのに。なら、もっとうまそうにしたらどうなのよ。うちはまずい酒なんておいてないわよ」

「なぁ、うずらってよ」

ヤスは唐突に話題を変え、こまりは面喰らって口をつぐむ。

「え、なに。うずらって鳥の？」

「鳥のほかになにがあんだよ」

ヤスはどこまでも真剣で真顔であった。

「うずらがどうかした？」

こまりが呆気にとられているとヤスは小さく舌打ちした。

かろうじて聞きとれるほどの小声でぼそりと訊く。

「うずらって、なに食うか知ってるか」

「知らない。みみずとか？」

「なんも食わねえんだよ。虫も野菜の切れはしもためした」

ヤスは苦虫を嚙みつぶしたような顔をした。

怪我をしたうずらでも拾ったのだろうか。

こまりも動物にはさほど詳しくない。

たいした助言はできそうになかった。

こまりの口からでてきたのは案の定、月なみな言葉ばかりだ。

「なら医者に見せたほうがいいんじゃない。きっとどこか体を壊しているのよ」

ヤスはつまらなそうにそっぽをむく。

こまりはふとひらめいて、ぽんと両手を叩いた。

「そうだわ。よいお医者さんを紹介してあげましょうか。赤山先生といって昨日もお世話になったのだけれど、とてもいい先生よ。うずらを治せるかはわからないけど、話だけでも聞いてみたらどうかしら」

「俺が医者に連れていったところで誰も相手にしやしねぇんだよ！」

ヤスは苛だちを隠さずにこぶしを太ももに叩きつけた。

「なによ！　せっかく力になってあげようと思ったのに！」

こまりもむっとして怒鳴りかえす。

「悪い。頭に血がのぼっちまったみてぇだ……」

ヤスはばつが悪そうにうつむいた。

どうにも気まずい。

「……また来る」

ヤスはいたたまれなくなったのか重たい腰をあげた。

なすのぬかみそ漬けも酒もまだほとんど手つかずで残っていた。

「赤山先生を紹介して欲しくなったらいつでも言って！　先生は人を差別するような人じゃないから。なんならあたしがうずらを連れていってもいいわ」

こまりはやさしく声をかけて、はっとする。

親切にしてどうするのだ。ヤスは店を休業に追いこんだ張本人ではないか。

しかも無銭飲食だ。気安くまた店に押しかけられては困る。

「店はしばらく休みだし、お金も払えないんだからね！」

こまりは哀愁漂う背中に慌てて怒鳴りつけた——その時だった。

「咎犬のヤスだな」

突如、夜陰にまぎれて背後から第三者の声があがった。

「なんだ、おまえ？」

ヤスは荒っぽい声をあげてふりかえる。

「神妙にお縄につけ！」

「なにしやがる！」

「ちょっと、どうしたの！」

こまりは慌てて駆け寄った。

岡っ引きがヤスをとり押さえていた。

「こいつにはうずら泥棒の嫌疑がかかっているんでさァ」

「俺はやってねぇ！」

ヤスは手足を乱暴にふりまわして暴れた。

だがヤスよりもずっと体格のいい岡っ引きに手縄をかけられては、どうにも逃れようがない。

「観念しろ。おまえの家から死んだうずらの死骸がでてきたぞ」

岡っ引きは勝ち誇った顔をした。

ヤスはとたんに力が抜け、萎《しお》れるようにおとなしくなった。

「そうか……。あいつ、とうとう死んじまったか……」

ヤスは遠く目をほそめて、うなだれた。

青白いヤスの顔が幽霊のようで、こまりにはなぜかひどく儚げに映った。


翌日、こまりは町医者の赤山のもとを訪ねた。

曇天がどこまでも空を覆い、今にも降りだしそうな重々しい空模様であった。　赤山は煙草をうまそうにふかしながら瓦版を読んでいた。

「おや、こまり。どうしたんだ。神妙な顔をして」

赤山は顔をあげるとこまりを見つめた。

「先生。咎犬のヤスについて聞きたいんですが」

「咎犬のヤス？　おお、うずら泥棒事件の話か」

赤山はおどろきもせずに淡々とこたえた。

「もうそんなに広まってるの？　昨晩、捕まったばかりなのに」

こまりは目を瞬く。

「瓦版にも盛大に載っておるぞ。さっきもな、町奉行所のやつらが聞きこみにきてな」

医者はこまりに瓦版を手渡した。

紙面には市中をにぎわせていたうずら泥棒が捕縛された、と文字がおどっていた。

「先生のところにも聞きこみが？　どうして？」

「あやつめ、弱ったうずらを助けるために江戸中の医者をかけまわっておったそうじゃ。うずらを診られる医者を探してな。昨日、わしのところにも来てのぅ」

赤山はたっぷりと蓄えた白髭をなでつけた。

「えっ、昨日、ヤスが先生のところに来たの？」

「ああ、思いきり説教してやろうとしたのに途中で逃げられたわい」

「なぁんだ。先生のところにも来たあとだったのね」

どうりで医者を紹介するといってもヤスが気のりしなかったわけだ。

「額の入れ墨のせいで、たいていの町医者はろくに相手にしてくれんかったようじゃ。患者はうずらだしのぅ」

「先生も診察を断ったの？」

「いや、わしのところにきたころには衰弱も甚だしく、手のほどこしようがなかった」

赤山は申し訳なさそうにつぶやいた。

「しかし、あのうずらが盗まれたもんじゃったとはおどろいたわい。なかなかやさしいところもあるもんじゃと見直しておったのにのぅ」

「本当に咎犬のヤスがうずらを盗んだのかしら」

こまりは釈然とせず、小首をかしげた。

「さぁて。わしは知らん」

「どうしてうずらなんて盗んだのかしら」

こまりは腕を組んで考えこんだ。

咎犬のヤスは、うずら一匹のために江戸中をかけまわるような心根のやさしい人間だったろうか。

それほどまでにうずらに執着するわけはなんだったのだろう。なにか深い事情があったのだろうか。

「知らんのか？　いい声で鳴くうずらは高く売れるんじゃ」

「そうなの？　ちっとも知らなかった」

こまりは寝耳に水で目を瞬かせた。

「うずら合せというてな。うずらの鳴き声を競わせる競技会があってのぅ。愛好家のあいだじゃ、高値で取引されるんじゃ」

「なら、ヤスは盗んだうずらを売りとばすつもりだったのね」

「盗まれたうずらはお旗本で飼われていたそうでの。それはすばらしい声で鳴くうずらだったそうじゃ。高値で売れると思って欲がでたんじゃろう。死んでしまっては元も子もないからのぅ」

しかし、それでも赤山の話はあまりぴんとこなかった。

「でも、昨日のヤスの様子は本当にうずらの死を悲しんでいるようにみえたの。金子のためだけじゃない事情がある気がするわ」

うずらを助けようと必死だったヤスの面影が頭のなかに深く残っている。

「買いかぶりすぎじゃ。やつにひどい目にあわされた者はたくさんおるぞ」

赤山はぴしゃりと断言した。

咎犬のヤスが捕縛され、胸のすく思いでいるようだ。

「なにはともあれ、ヤスが捕まって一安心じゃな。これで栄蔵もすこしは気が休まるじゃろうて」

「あたし、ヤスは盗んでいないと思うわ」

こまりはぽつりとつぶやいた。

「なんじゃって？」

「だって、いくらうずらが弱っていたからって、江戸中の町医者にみせてまわったら自分がうずらを盗みましたと白状しているようなものだわ」

こまりは語っているうちに次第に胸が熱くなってきた。

ヤスは盗んではいないという確信がじわじわと湧いてくる。

「それに弱って売り物になりそうにないなら、いっそ殺して埋めてしまったほうが足がつかないわ」

昨晩のヤスのせつなげな面影が脳裏をよぎった。

あれは金が手に入らなくなったことを嘆く顔では絶対になかった。

こころの底からうずらの死を悲しんでいた。

「ねぇ、赤山先生。あの額の入れ墨は罪が重なるたびに彫られるんでしょう。ヤスは犬の字ができあがっているから次に罪を犯せば……」

「死罪じゃな」

こまりは息を呑む。

顔も見たくないほど嫌なやつだが見殺しにはできない。

こまりはぐっとこぶしをにぎりしめた。

「あたし、本当の下手人を見つけるわ」


こまりはうずらが盗まれたという旗本の拝領屋敷へいってみることにした。

寛永寺にほど近い御徒町の一角にくだんの屋敷はあった。

なにか手がかりがつかめぬものかと考えたのだが、屋敷は広いばかりで曲者一人見あたらない。

しいていえば周囲をきょろきょろとのぞき見ているこまりが一番の曲者である。

「おい、そこの女。何用じゃ」

案の定、下男に目をつけられた。

「このお屋敷にはとてもよい声で鳴くうずらがいると聞きまして。せめて一声だけでも拝めぬものかと」

こまりはもみ手をしながら下手にでる。

「さては瓦版を見て参ったのだな。帰った、帰った。見世物ではござらぬ」

もくろみははずれ、こまりは邪見に追い払われた。

しかたなしに拝領屋敷をあとにしようとした——その時。

小さな女の子がこっそりと垣根の隙間から屋敷をのぞいていた。

「あのちび。また来ておるな。しつこい奴じゃ」

下男はとたんに渋面を浮かべた。

「あの子、よく来るのですか？」

「ああ。うずらが盗まれる前からちょくちょくとな」

下男は忌々しそうに歯噛みする。

「鳴き声に聞き耳をたてるだけならまだいいが目を離すと一丁前に入ってこようとする。いくら言いきかせてもなしのつぶてでな。困ったものじゃ」

こまりは女の子に目をやった。

おかっぱ頭に好奇心いっぱいで黒目勝ちの大きな目がのぞいている。

着物はすりきれ薄汚れていた。

「子供の遊び場じゃねぇんだ。帰れ、帰れ！」

下男が大声で追いたてると、女の子はびくっとひるみ一目散に逃げだす。

「ねぇ、ちょっと待って！」

こまりは慌てて女の子を追った。

女の子は意外にもすばしっこく、手をのばしても猫のように身をひるがえすのでなかなか追いつかない。

こまりは通りを抜けたところでようやく女の子の細腕を捕まえた。

「やあ！　離して！」

女の子はじたばたと暴れた。

「聞きたい話があるだけなの。大丈夫。怒ったりしないから」

こまりがやさしくさとすと女の子は次第に抵抗をやめた。

様子をうかがうようにこまりの顔を見上げる。

「あたしはこまり。あなたのお名前は？」

「つぐみ……」

「かわいい名前ね。うずら好きなの？」

つぐみはこくんとうなずいた。

「うずらが盗まれるところ実際に見たりしてない？」

つぐみははっとした。

なにかを耐えるようにうつむき、ぎゅっと袖をにぎりしめる。

つぶらな瞳にじんわりと涙が浮かぶ。

「お兄ちゃんは盗んでない……」

つぐみは唇を噛みしめ、ふるえる声でつぶやいた。

「お兄ちゃんって咎犬のヤスのこと？」

つぐみは小首をかしげる。

「おでこに犬って入れ墨があるお兄ちゃんだよ。こんな字」

こまりは道ばたの棒切れを拾い、地面に犬という字を書いてみせた。

「このお兄ちゃん！」

つぐみははきはきと威勢のいい返事をした。

やはりヤスは盗んでいなかった。

こまりは俄然興奮して勢いづき、前のめりになった。

「ヤスは盗ってないのね？　なら、どんな人が盗んだか見なかった？」

つぐみはうろたえ、目を泳がせる。

「知らない」

こまりの手をふり払って、つぐみは駆けだした。

「なんにも知らないもん！」

「ちょっと待って！」

こまりは慌てて追いかけたが、つぐみは子供しか入れない垣根の穴をくぐり抜けて逃げていった。


結局、その日は散々探したもののつぐみを逃してしまった。

こまりは翌日も旗本屋敷へむかった。

その日は蒸し暑いなか肌にまとわりつく霧のような小雨が降る日だった。

思いかえしてみれば、しばらくお天道様を拝んでいない。

こまりは雨が好きではなかった。

長雨がつづいたひどい飢饉の日々を思いだすからだった。

だが、ふさぎこんでいる場合ではなかった。

今度は下男に見つからぬように、屋敷からはすこし離れた柳の木の陰に身を隠す。

なんとしてでももう一度つぐみと話をしたかった。

つぐみはうずらに強い好奇心を抱いていた。

うずら屋敷の前で見張っていれば、もう一度出会えるにちがいない。

しかし、つぐみはぴたりと姿を見せなくなった。

それでも、こまりは根気強く毎日うずら屋敷へ足を運んだ。

嫌がらせのように雨はつづいた。

気が滅入る日もあったがこまりはあきらめなかった。

つぐみは事件の真相を知っている。

濡れ衣を晴らさねばヤスは死罪になってしまう。

なんとしてでもヤスを助けてやらなければ。

土砂降りで全身がずぶ濡れになっても、こまりはあきらめずに張りこみをつづけた。

そうして、ようやくお天道様が顔をだし、雲ひとつない晴天が広がった七日目につぐみは姿を現した。

その日、屋敷では、ひさびさの日光浴のためにうずら籠が縁側にならべられていた。

つぐみはきょろきょろと辺りを見まわす。
人の気配がないとわかるとつぐみは大胆にも旗本屋敷へ入っていく。
こまりはおどろいてあとを追った。
つぐみは勝手知ったる態度でうずら籠に手をのばした。
逃げまわるうずらを手のひらで強引に包みこもうとする。
「こら！」
こまりの声につぐみはびくっと肩をふるわせた。
手のひらから、うずらがぽとりとこぼれ落ちる。
うずらはこぶりで赤い羽毛に覆われていた。
よちよちと歩くが飛んでいく様子はない。
羽根を切られており遠くへは飛べないようだ。
つぐみは脱兎のごとく、そのまま逃げだした。
「ちょっと！　待ちなさい！」
こまりはうずらを籠へもどし、つぐみの背中を追った。
逃してなるものか。
こまりは全力で駆けた。

門をですこし過ぎたところで、こまりはつぐみの手首をつかんだ。

「やだっ！　離して！」

つぐみはじたばたと暴れた。

「うずら泥棒はあなただったの？」

「ち、違うもん……」

こまりが非難まじりの声をあげるとつぐみはとうとう大声で泣きだした。

玉のような大粒の涙がぽろぽろとこぼれ落ちる。

こまりは慌てた。泣かせるつもりはなかった。

「ちょっとおちついて……」

道行く人々がいぶかしげな眼ざしでながめてくる。

その時、つぐみの腹の音がぐぅと激しく鳴った。

「お腹空いてるの？　うちのお店でとっても甘い水菓子でも食べない？」

「食べる」

こまりが猫なで声でやさしくさとすと、つぐみはぴたりと泣きやんだ。

こまりはつぐみの手をひいて、白河屋へ連れていった。

「お店なのに誰もいないね」

つぐみはきょろきょろとめずらしそうに店内を見まわした。

「お店はお休み中なの。だけど、今日はつぐみだけ特別なお客さんだよ」

「つぐみ、お金持ってない……」

「いいのよ、そんなの。あたしから誘ったんだから」

こまりは不安そうにうつむくつぐみの手をひいて床几に座らせた。

「ちょっとだけ待ってて。今、とびっきりおいしいおやつをつくるから」

こまりは前かけをして厨房にたつ。

昨日、手に入れたびわを種にそって切り込みをいれ、さじで種をくりぬく。

さらに渋皮も剝いて、へたをとった。

六つほど無心にびわを剝いて、下ごしらえを整える。

鍋に水、びわ、水飴をいれて火にかけた。

ぐつぐつと鍋が煮たってきたら火を弱めて、さらに煮詰める。

びわの瑞々しく清涼な甘い香りが店内に広がった。

頃合いを見計らって火をとめ、びわが常温に冷めるのを待って皿に盛りつける。

「はい、どうぞ」

「うわあ。これなあに？」

つぐみは歓声をあげて喜んだ。

「びわの甘露煮よ。食べてみて」

「いただきます」

つぐみは箸を不器用ににぎりしめてびわを串刺しにし、口いっぱいに頬ばった。

「甘ぁい。こんなに甘い水菓子食べたことない」

つぐみは目を輝かせる。

「そうでしょう。水飴で煮詰めたからびわの甘味もぎゅっと詰めこまれているのよ」

こまりは得意げに胸を張った。

「子供のころ、おじいちゃんがよくおやつにつくってくれたのよ」

「いいなあ。つぐみにはおじいちゃんがいないの」

つぐみは無我夢中でびわの甘露煮をむさぼるように食べ、皿のうえのびわはあっという間になくなってしまった。

つぐみは、とたんにしゅんとうなだれる。

「ねぇ、おやつも食べたことだし、そろそろお姉さんとお話ししましょ？」

「もっと食べたい。こんなおいしいびわ、はじめてだもん」

「なら、おかわりをあげるわ」

こまりは、あとで食べようととっておいた自分の分をこまりの皿に移してやる。

つぐみはおとな顔負けの食欲で次々とびわを呑みこんでいく。

よほどお腹を空かせていたらしい。

つぐみの口のまわりは甘露煮の汁でべとべとになり、こまりは口のまわりを手ぬぐいでふいてやった。

つぐみはあっという間にこまりの分も食べ尽くして、びわの甘露煮はなくなってしまった。密かな楽しみがなくなって、こまりはこころのなかで泣いた。

だが背に腹はかえられない。びわの甘露煮はまたつくればいい。

「ねぇ、どうしてうずらを盗もうとしたの？」

こまりはつぐみの隣に腰をおろし、怖がらせぬようにやさしく問いかける。

つぐみは足をぷらぷらさせ、視線を落とす。

我慢強く待っていると、つぐみはぽつぽつと事情を語りはじめた。

「うずらを盗みたかったんじゃないの……」

「じゃあどうして？」

「うずらのたまごが欲しかったの」

「うずらのたまご？」

思いもよらぬこたえに、こまりは目を瞬かせる。

「お父ちゃんが病気でずっとおうちで寝ているの。うずらのたまごはすごく身体にいいって聞いたから。お父ちゃんに食べさせあげたかったの」

つぐみは顔をあげ、袖をぎゅっとにぎりしめた。

つぐみの目尻から、ぽろぽろと涙が頰をつたい落ちた。

「たまごが生まれたら、こっそりひとつだけもらおうと思ったの。だけど、いつのぞいてもたまごがなくて……」

つぐみは苦しそうに言葉を喉につまらせた。

「オスだったのかもしれないわね」

思いかえせば、うずら籠には一羽ずつしかいなかった。

喧嘩をしないように多頭飼いはしないのだ。

強い緊張がつづけば、寿命や鳴き声に影響する。

高価なうずらであればあるほど箱入り娘のごとく飼育には気をつかう。

つぐみは毎日鳥籠をのぞいていれば、いつかたまごに出会えると信じていたようだ。

つぐみはしゅんとうなだれてしまった。

「ヤスはうずらを盗んだりしていないのね？」

こまりは念押しする。

「つぐみが悪いの……」

つぐみは、小さな手のひらをにぎりしめた。

「あの日もうずらのたまごがないか鳥籠のなかをみていたら……。ひじきが……」

「ひじきって？」

「野良猫。変な猫でね、真っ黒だからひじきって呼んでるの」

つぐみはくやしげに唇を嚙んだ。

「ひじきが飛びだしてきて、うずらを咥《くわ》えたまま逃げちゃったの」

下手人は野良猫のひじきであったわけだ。

「ひじきをがんばって追いかけたんだけど……、なかなか捕まらなくて……」

「ヤスが助けてくれたのね？」

つぐみはこくりとうなずいた。

「咎犬のお兄ちゃんがひじきを捕まえてくれたの。でも捕まえた時には、うずらはすごく元気がなくて……」

つぐみは今にも不安に押しつぶされそうな声をもらした。

「うずらがいなくなったこと、屋敷の人たちに見つかって大騒ぎになってて……。うずらは全然動かなくて……、ちっとも鳴かないし……」

こまりはつぐみの背をそっとやさしくなでた。

「咎犬のお兄ちゃんがね、なんとかするからこのことは誰にもしゃべるなって。約束だぞって。すごく怖い顔してたの……」

「だからヤスは医者を探しまわっていたのね」

自分がうずら泥棒の犯人と誤解されることもいとわずに。

ヤスはまだ牢からでていない。

つぐみの失敗をかばっているからだ。

ヤスが罪をかぶれば次は死罪が待ちうけているというのに……。

こまりは合点がいくとともに熱い激情がこみあげてきた。

「ねぇ、ヤスを助けたいの。このままでは首をはねられてしまうわ。手を貸してくれる？」

こまりはつぐみの眼を見つめ、小さな手をにぎりしめた。

じっとりと汗ばむ蒸し暑い昼下がりであった。

お白洲の壇上で町奉行が厳かに問いかける。

「咎犬のヤスよ、うずらを盗み、死に追いやったのは本当か？」

ヤスは縄で縛られて白い砂利の上に座り、やつれた顔でうなだれている。

町奉行は壇上の最上段にどっしりとかまえている。

次の間に吟味与力や書役同心などがずらりと雁首そろえてならび、庭には警護のため蹲《つくば》い同心が控えていた。

「うずらを盗んだのは俺だ」

ヤスはあっさりと罪をみとめた。

「その額の入れ墨。どのように江戸へ流れてきたのかは知らぬがそうとう前科があるな？」

お奉行は値踏みするようにヤスを冷徹な眼光で射抜く。

「ああ。芸州でずっと掏《す》り稼業をしていた」

ヤスの声はどこかなげやりだった。

「なぜ、うずらを盗んだ」

「いい声で鳴くうずらは好事家に高値で売れると聞いた。だから売っぱらって金を稼ぐつもりだった」

ヤスは淡々とこたえた。

「貴様が盗んだうずらは、とてもいい声で鳴くと評判のうずらでな、すでに買い手はついておったそうじゃ。値も十両と決まっておった。貴様は十両と知っていて盗んだのか」

「ああ、知っていた。うずら一匹盗んで十両なら安い仕事だと思ったもんさ」

「うぐいすとはちがい、うずらは鳴きかたをしこむことはできぬ。さすれば優秀なうずらであればあるほど、なによりも血統を重んじ高値がつく。知っておったか」

「ああ。さしずめ俺が盗んだうずらは大名家の箱入り娘くらい高貴な血筋ってもんだろうな」

ヤスは下卑た薄ら笑いを浮かべた。

「不敬な！」

「よさぬか」

声を荒らげる吟味与力を町奉行がいさめた。

「だが、あろうことか貴様はうずらを殺した。なぜだ」

ヤスはぶっきらぼうに吐き捨てた。

「別に。理由なんかねぇ。うずらなんて飼ったことねぇから世話のしかたがわからなかっただけだ。鳴き声がうるせぇから黙らせようとにぎりしめたら、加減をまちがえて殺しちまった。それだけだ」

「相手がうずらとはいえ、なんたる鬼畜外道の所業……。その方はうずら泥棒のほかにも、あちこちで喧嘩やもめごとばかりを起こしているそうだな」

「ハッ。覚えてねぇな」

ヤスは嘲笑う。

「なにか申し開きはあるか？」

「なんもねぇよ」

「反省の色はまるでなしか……」

奉行は眉根をひそめた。

「裁きを言い渡す……」

「お待ちください！」

こまりは小さな手をひいて、白洲の砂利のうえを駆けた。

「何者じゃ」

「こまりと申します。白河屋という居酒屋の手伝いをしている者です。この子はつぐみです」

ヤスは二人を見上げて、ぽかんと口をあけた。

わけがわからない様子で呆気にとられている。

「して何用じゃ」

「うずら泥棒の下手人は咎犬のヤスではありません」

こまりは高らかに言い放った。周囲がざわついた。

「なんじゃと。この者はおのれが下手人だと白状しておるが」

「下手人は別にいるのです」

こまりは籠からむんずっとなにかを印籠のようにとりだし、かざしてみせた。

「この……野良かわうそです！」

「野良かわうそ、とな？」

奉行はきょとんとして呆気にとられている。

「野良猫ならぬ野良かわうそです。つぐみが変な猫がうずらを咥えていったと目撃しています。変な猫とはかわうそのことだったのです」

こまりはあばれるひじきを胸に抱きながら懸命に訴えた。

「かわうそは本来、この辺りにはおりません。きっと長雨の影響で流れに流され、この地までたどりついたのでしょう。野良であり迷いかわうそなのです」

ヤスは茫然とこまりを見上げている。

「うずら飼いの旗本屋敷には池があります。かわうそは池で水浴びを楽しみ、時折、籠のなかのうずらを虎視眈々と狙っていたのです」

「つぐみとやら。このかわうそがうずらを咥えていくところを見たというのはまことか？」

つぐみは力強くうなずいた。

「見ました！　咎犬のお兄ちゃんは悪くありません！　お兄ちゃんはかわうそに傷つけられたうずらを助けようとしてくれたんです！」

「しかし、ヤスはうずらを盗んだと白状したぞ。おぬし、なぜ自分で盗んだなど嘘をついたのじゃ？」

奉行がうながすとヤスの顔に焦りが浮かんだ。

「こいつらのいうことはまったくのでたらめだ！　俺が金欲しさに盗んだんだ。それだけだ！」

ヤスは必死になって訴えた。

「つぐみのせいなの！」

ヤスの声を遮って、つぐみは叫んだ。

「つぐみが悪い子なの。つぐみがうずらのたまごが見たくてこっそり籠をあけたから。ひじきがうずらを噛んじゃったの……」

つぐみはぽろぽろと大粒の涙をこぼして、しゃくりあげた。

「おねがいです……。どうか咎犬のお兄ちゃんを殺さないでっ……、悪いのは全部、つぐみなの……」

小さな頭をなでで、こまりはつづけた。

「ヤスはつぐみがうずらを盗んだと勘違いしてかばったのです」

こまりはヤスを見つめ、やさしく微笑を浮かべた。

ヤスはなにかをぐっと耐えるように強く唇をかみしめている。

「ね、そうでしょ？」

数日後、伝馬町の昏い牢屋敷からヤスが晴れて釈放されると聞き、こまりは迎えにでかけた。

牢のなかの食事はとても粗末だと聞く。

今回の騒動で、こころもからだもひどく弱っているにちがいない。

雲ひとつない炎天下のなか牢屋敷につくと、すでに釈放されたヤスは日の光を浴びて
まぶしそうに目をほそめていた。

かすかに足もとがふらついている。

やはりろくな食事をとっていなかったのだろう。

以前よりもずっと頬がこけ、痩せ衰えたようにみえた。

「白河屋においでよ。どうせいくあてなんてないんでしょ」

途方に暮れてたちつくしている背中にむかって、こまりはそっと声をかけた。

ヤスの背中は蜃気楼のごとく今にも溶けて消え去りそうだった。

「ケッ。男女に助けてくれなんざ、頼んだおぼえはねぇしよ」

ヤスはすこしおどろいたように目を見開いた。

照れ臭そうに鼻の頭をかいて悪態を吐く。

「おまえ、どこまでおせっかいな男女なんだ」

「男女じゃなくて女なんだってば！」

いいかえすと同時にヤスの腹の虫が鳴った。

　ヤスはばつが悪そうに目をそらす。

　こまりは思わず噴きだした。

「お腹空いてるんでしょ。釈放されたお祝いにごちそうしてあげる」

　こまりは慈愛にみちた声で告げ、白河屋にむかい歩きだした。

　ヤスは用心深そうに背をまるめ眼光を光らせてうしろをついてくる。

「じじいの傷は治ったのかよ」

　ヤスはぶっきらぼうに言った。

「まだよ。だからお店もまだお休み中なんだけど、今日は特別にお店を使うゆるしをもらったの」

「そうかよ。悪かったな」

　ヤスは舌打ちした。

「ふふっ」

「笑うんじゃねぇ！」

　しおらしい態度がおかしくて、こまりの頰はゆるみっぱなしだった。

　ヤスは真っ赤になって、ぶつぶつ文句をたれ流している。

「すぐにごちそうを用意するから。ま、一杯やりながらゆっくりくつろいで待っててよ」

店につくと、こまりはすぐに前かけをしめて厨房へ入った。

「おめでたい日はどれだけお酒を呑んでもいいってものよね」

こまりは、ヤスの椀に酒をそそぐと自分の湯飲みにもなみなみと酒をそそいだ。

厨房では、ぼてふりから買ったばかりのあじがたくさん籠にはいっている。

本日の主役はあじである。

「かぁーっ！　こう蒸し暑いと五臓六腑に染みわたるわねぇ」

こまりはあっという間に冷や酒を飲み干す。

「酒飲みながら料理をして大丈夫かよ」

ヤスはあきれ顔だ。

「あのね。あたしは酔っぱらってるくらいのほうが料理の腕が冴えるのよ」

こまりはあじを手にとると頭とわたをとりのぞき、三枚におろしはじめた。

酒の力もあって、自然と陽気になり鼻歌がこぼれだす。

「音痴だな。手つきもド三流だ」

ヤスが小馬鹿にして鼻で笑い、こまりはむっと口をとがらせる。

「魚のさばきかたはおじいちゃんに習ったんだから！」

「おじいちゃん？　この前、ぶっとばしたやつか」

「あの人は栄蔵さん。おじいちゃんの昔からの友人なの。おじいちゃんはあたしがお嫁にいく前に死んじゃった」

こまりはさびしくなって、ぽつりとつぶやいた。

「おまえ、旦那がいるのか？　所帯じみてるようには見えないけどよ」

「離縁されちゃったからね」

こまりは苦笑した。

日にち薬とはいうものの結婚していた日々を思いだすと、いまだに胸が苦しくなる。

「まァ、これだけ酒を呑む女だったらおそろしいわな。飯をつくるたびに酔われちゃ堪らねえしよ。あんな呑みかた、いったい誰に教わったんだか」

ヤスはちゃかして意地の悪い笑みを浮かべた。

こまりは腹をたてる気にもならず、黙々と料理に没頭した。

「おじいちゃんだよ。うちの実家は酒蔵だったからさ、いい酒の選びかた、呑みかた、肴のつくりかたまで全部おじいちゃんに教わった。あたし、おじいちゃんが大好きだったんだ。女子でも別けへだてなく、なんでも教えてくれたからさ」

「それで、こんなひどい男女ができあがったのか」

「いちいちひどいなぁ」

「嘘は吐いていない」

こまりは味見と称して、あじの刺身をつまみながら冷酒をあおった。

酒が喉を通り抜けていくとおのずとこころが軽くなり、料理が楽しくなってくる。

あじの皮を剝いて小骨をとりのぞく。

小さく切った刺身に江戸味噌を加えて軽く包丁で叩く。

触感が残るように叩きすぎないようにするのが肝心だ。

生姜のみじん切りと長ねぎの小口切り、小さく切った沢庵を加えて、さじでよくまぜあわせる。まずは一品目のできあがりだ。

「どうぞ。あじのなめろうです」

あじのなめろうは房総半島発祥の郷土料理だ。

酒造りに熱心な祖父はおいしい酒や肴があると聞けば、その地へ飛んでいって勉強するのが好きだった。

研究熱心な酒飲みだったのだ。

「んーっ！　お酒にぴったり！」

こまりはヤスより先にあじのなめろうを吟味して、酒を味わっている。

ヤスはごくりと生唾を飲みこんだ。

つられるように箸を手にとると一口頬張り、とたんに頬をゆるませた。

「……舌触りがなめらかだ。味噌の風味がぐっとあじの旨味をひきたてるな」

冷酒をくいっとあおり、ほうっと息を吐く。

ヤスの頬に赤みがさす。

「この酒は灘の一級品か？」

「下り酒どころか地廻りの酒よ。あんたがこの前、ちょっとだけ口をつけてほとんど残した酒とおなじよ」

ヤスはおどろいて目を瞬かせる。

「こんなうまい酒はひさびさだ」

こまりは冷酒をあおって胸を張った。

「これもおじいちゃんからのうけ売りだけどさ、お酒をおいしいって感じるには、こころの土壌が大切なのよ」

「こころの土壌？」

「悩みごとや心配ごとが多いと、こころからお酒を楽しめないってこと。逆にお酒に呑まれちゃうの」

ヤスは深く考えこんで、じっとおちょこを見つめている。

こまりはやさしく問いかけた。

「ねぇ、どうしてつぐみをかばってくれたの？　死罪になるところだったんだよ。どうして自分がやったなんて、嘘まで吐いたりしたのさ」

つぐみを助けるにしても、もうすこしうまいやりかたがあったのではないか。かばったというよりも、ヤスはなんだか自暴自棄で命を捨てたがっているようにさえみえた。これでは自殺ではないか。

ヤスは手もとに視線を落とす。

「……芸州にいたころ、俺には幼い妹がいたんだ……。つぐみくらいの年の妹だ。からだが弱くて、いつも熱をだして寝こんでばかりだった。おあきって名でな」

遠い昔をなつかしむようにヤスは目をほそめた。

「両親ははやくに流行り病でぽっくり逝っちまって。俺はおあきを養っていかなきゃならなかった。料理人の仕事もしていたが、薬代が嵩《かさ》むとどんどん家計が苦しくなって……。俺は掏《す》りに手をだしたんだ」

ヤスの声は次第に暗く、苦悩にゆがむようにしぼんでいく。

「必死だった……。捕まって入れ墨を彫られてからは料理人の仕事にもありつけなくなった……。俺ァ、掏り稼業で妹の食い扶持を稼がなきゃならなかった。それでも……、よかったんだ……。おあきと二人しずかに暮らしていけるなら……」

ヤスはふるえる手をにぎりしめた。

「おあきはどうなったの？　いまも芸州にいるの？」

こまりはたまらなくなって口をはさんだ。

聞いているだけで胸が張り裂けそうだ。

「どうもしねぇ。死んじまったのさ、あっけなく侍に斬られてな……」

「そんな。どうして……？」

「つぐみとおなじさ。その侍が飼っていたうずらを盗もうとしたんだ。いい声で鳴くと評判のうずらだったらしい。それで激昂した侍にばっさりとよ……」

こまりは絶句した。

ヤスは堰《せき》が切れたように想いを吐露した。

「おあきが死んじまったあと、盗人の妹はやっぱり盗人だって非難された。俺ァ、生きてくために他人の糧をかっぱらうろくでなしだ……。いくら罵られようがうしろ指をさされようがかまわねぇよ。でも妹の手まで汚しちゃいねぇ……。だから、妹まで蔑まれ盗人扱いされるのが俺は我慢ならなかった」

ヤスの目にうっすらと涙がにじむ。

「芸州にいるとおあきをひきずっちまう。だから江戸へでてきた。だがこの入れ墨があるかぎり俺は人として扱ってもらえねぇ……。どこへいっても厄介者の前科者だ」

「あんたも苦労したんだね」

なんだか湿っぽい空気になってしまった。

こまりは気をとりなおして酒をそそいだ。

「今日は祝いの日なんだからさ、いっぱい食べていってよ。まだまだ料理はあるんだよ」

こまりは二品目にとりかかった。

あじのなめろうに水気を切った豆腐とたまごをまぜあわせる。

だんごのように練ってまるめ、串に刺し、七輪で炙《あぶ》る。

とたんに香ばしいにおいが満ちて、こまりは鼻をひくつかせた。

表面に軽く焦げ目がついたところで皿に盛る。

五本ほど焼きあげ、傘連判状のようにつくね串をならべた。

小さなたまごの黄身を真ん中に落とす。

「これ、食べてみて」

「なんだよ、これ」

ぶっきらぼうな口調とは裏腹に、ヤスの顔は今にも垂涎せんばかりである。

「あじの月見つくね串！　たまごの黄身を軽くほぐしてつくねにからませて食べて」

「ずいぶんとちいせぇ黄身だな。鶏のもんじゃねぇな？」

こまりはにやりとふくみ笑いを浮かべた。

なにもこたえずにそっとヤスの前に皿をおく。

ヤスはうろんげにじっと月見つくねをながめていた。

だが、空腹には勝てなかったようだ。あじの焼けた香ばしいにおいにごくりと生唾を呑みこみ、そっと串に手をのばした。

浅黒い無骨な手からは想像もできないほどやさしい手つきで黄身をくずす。

玉かんざしから転がり落ちたような小さな黄身はあっさりとほぐれて、濃密にからみつく。

ヤスは今にも滴り落ちそうな黄身を丁寧にすくって、月見つくねを口いっぱいに頬張った。とたんに相好《そうごう》をくずし、とろけるような吐息をもらす。

「……口のなかでつくねが溶けた。たまごがつくねにからみついて、まろやかでなんだかやさしい味がする」

ヤスの声がしんみりと響いた。

こまりは満足してうなずいた。

「ヤスはおあきの面影をつぐみに重ねていたのね。だから自分がやったなんて嘘まで吐いて、つぐみをかばった」

ヤスはしずかに冷酒に口をつける。

とろりと溶けだした黄身のように鉄鎖でがんじがらめになったこころが、すこしずつほぐれていく。

「どうしておあきがうずらを盗もうとしたのか今でもよくわからねぇんだ……。たしかにあいつは動物が好きで、自分の食事をこっそり減らしてまで野良猫に餌をやるようなやつだった。俺とは違う……。やさしいやつなんだ……。人様のものを横どりするようなやつじゃねぇ……。なのにどうしてなんだって……。ずっとしこりのように胸につかえてとれねえんだ。苦しくて……、おあきを想うといっそ死んじまいたくなる」

ヤスはふるえながら両手で顔を覆った。

「あんた、つぐみとおあきを重ねていたんだね。だから命を張ってでも助けようとした。おあきの事件をやりなおそうとした。そしておあきのかわりに死ぬつもりだったんだ」

こまりはやさしくささやいた。

逃げだしたうずらを必死に追いかけるつぐみの姿が、ヤスには今は亡きおあきの姿と重なった。

だからこそ自分の命を捨ててでもつぐみを助けようと思ったのだ。

おあきを助けられなかった、かつての無力さに抗おうとした。

「ねぇ、おあきの事件が起こる前、あんた、体調をくずして寝こんでなかった？」

ふいに問いかけると、ヤスははっとして顔をあげた。

「どうして知ってんだ？　あの日、俺は高熱をだして寝こんでいた。俺が目を離しさえしなきゃ、おあきは……」

ヤスの声はかすかにふるえた。

「つぐみはさ、うずらを盗もうとしたわけじゃないの」

こまりが苦笑を浮かべるとヤスは目を見張った。

「つぐみはね、病気のお父さんにうずらのたまごを食べさせたかったんだって。うずらのたまごを食べると精がでるって、誰かから聞いたんだよ」

ヤスはぽかんと口をあけた。

「おあきもさ、ヤスにうずらのたまごを食べさせたかったんじゃないかな。いい声で鳴くとか高値がつくとか子供にとっちゃ二の次なんだよ。大好きな兄貴にさ、滋養たっぷりのおいしい料理を食べて欲しかったんだよ」
ヤスの膝にぽたぽたと水滴がこぼれ落ちていく。
ヤスの目尻からあふれた涙だった。
「あいつ……、バカだな……、本当に……」
わだかまりがすっと溶けて消えていく。雪どけだ。
「この料理はさ、おあきの気持ちをくんでつくったんだよ」
こまりはやさしくヤスに語りかけた。
鶏よりもずっと小さな黄身はうずらのたまごだ。
鳥屋に足しげく通い、新鮮なうずらのたまごを融通してもらった。
鳴き声さえこだわらなければ、うずらはそう高くない。
庶民でもお手軽に飼える愛玩動物なのだ。
ヤスは泣きじゃくりながら、もう一度月見つくねに手をのばした。
かつておあきが大好きな兄に届けたかった味。
「こんなうまいもん、食ったことねぇなぁ……」
ヤスは涙と洟で顔をぐしゃぐしゃにしながらぼやいた。
こまりは安堵して胸をなでおろす。

おあきの気持ちが伝わってよかった。

ヤスとの出会いは、おあきがひきよせたのかもしれない。

「つぐみの親父にも食わしたのか、この月見つくね」

つくねを口いっぱいに頬張りながらヤスは訊いた。

こまりは胸を張り、得意げにうなずく。

「もちろんよ。うずらのたまごをお父っちゃんに食べさせてあげるって約束で、ひじき探しを手伝ってもらったんだからね」

ふふんとこまりは鼻を鳴らす。

「お白洲でも正直にうちあけてくれたしね。あんな怖い顔をしたたくさんのお侍の前で話すって、きっとすごく怖くて勇気がいったんじゃないかな」

つぐみのがんばりがなければ、ヤスの無罪放免はなかった。

つぐみの父親の具合も快方へむかい、月見つくねをよろこんで頬張ってくれた。

つぐみもうれしそうにはしゃぎまわり幸せな一時であった。

ヤスは感極まったのか、突然、床に額をすりつけて土下座をした。

「悪かった！　俺はひどいことをした。死罪になろうが見捨てられても当然だ。なのにおまえは必死になって助けてくれた……。こんな俺を……」

こまりはヤスの前にしゃがみこんだ。わなわなとふるえる肩にそっと手を添える。

「あたしはもう怒ってないわ。それなら栄蔵さんに謝ってあげて」

「だがよ……。謝っても謝りきれねぇだろうが」

ヤスは床に額をすりつけたままだった。

「ほら、顔をあげて。それよりあんたさ、仕事がないから、しかたなしに悪さしてるんでしょ？　でもいい加減、足を洗わないと次は本当に死罪になるわよ」

たまたま運よく釈放となったわけだが、本来、ヤスの素行はすこぶる悪い。今回の件がなくても岡っ引きたちはヤスの行動に目を光らせている。次に罪を犯せば問答無用で首をはねられるやもしれぬ。

「だからさ、白河屋で料理人として働かない？」

こまりは悪だくみをする代官のようににんまりとほくそ笑んだ。

「は？」

こまりの突然の申しいれにヤスは面食らって絶句する。

「栄蔵さんは誰かに店をゆずって隠居するつもりなのよ。あたしには田舎に帰れってうるさいの。でも、あたしはまだ江戸にいたい。このままなにも成し遂げないまま、すごすごと江戸を離れるなんて、まっぴらごめんなのよ」

「だからってなぁ……」

ヤスは二の句がつげずにいる。

だが、こまりはあきらめる気は毛頭なかった。

ヤスが元料理人ならばなおさら好都合だ。

料理人を探して雇いいれる手間が省ける。

「今回の怪我がなくても栄蔵さんはずっと腰が悪いの。だからヤスが料理人として働いてくれたら栄蔵さんもずっと楽になるでしょ」

こまりは給仕として店をきり盛りするには申しぶんない。

酒の目利きにも自信がある。

料理もそれなりに祖父からしこまれはしたが、どこか料亭で修行を積んだわけではない。

店を盛りたてていくにはやはり料理人が必要だ。

「土下座して謝るくらいなら白河屋のために一肌脱いでよ」

こまりは強引に畳みかけた。

熱のこもった誘いにヤスもたじろいでいる。

ヤスは今まで拒まれこそすれ求められたことなどない。

当然の困惑であろう。

「俺がよくても爺さんは俺を雇うのは嫌だろう」

ヤスは怪我をさせた負い目がどうしてもぬぐえぬようだった。

どんなにヤスが腕のたつ料理人であったとしても、まがりなりにも一度自分に暴力をふるった前科者をわざわざ雇うお人よしがいるはずがない。

だが、こまりは一歩もひくつもりはなかった。

居場所のないヤスに居場所を与えてやりたい。

「あたしが説得する！　だからあんたも額がすりきれるまで土下座しなさい！　あたしは命の恩人なんだから、すこしくらい協力してくれたっていいでしょ！」

こまりはだだっ子のように聞き分けなくわめいた。

「どうしてそこまで江戸にこだわる。里にもどって嫁にいくのが女の幸せだろうが。爺さんの言葉は正しいぜ」

ヤスはあきれ果てている。

こまりは悔しさに唇を嚙みしめてうつむいた。

「お金がいるの」

こまりはぽそりと小さくつぶやく。

「おじいちゃんの大好きだった水毬屋……。あたしは水毬屋を復活させたいの」

「水毬屋って実家の酒蔵か。復活させたいって、女じゃ跡継ぎにもなれねぇじゃねぇのか」

「そうなんだけど……」

脳裏に浮かぶのは別れた旦那の面影だった。

いつかふたりで酒蔵をできたら――。

ずっとそう思っていた。

だが、もうあの人には二度と会えない。

こまりはぎゅっと前かけをにぎりしめた。

「あとのことは金子が貯まってから考えるわ。養子をとるって手もあるし。きっとなんとかなるわよ」

こまりのなかで覚悟はとっくにできていた。

たとえ栄蔵に追いだされたとしても白河に帰るつもりは微塵もない。

住みこみで働かせてくれる別の店を探して、金子が貯まるまではなにがなんでも江戸にしがみついて居座りつづけてやる。

その時、裏口でかたんと音がした。

ふりかえると栄蔵がたっていた。

「栄蔵さん！　もう腕の怪我は大丈夫なの？」

こまりは栄蔵に駆け寄った。

栄蔵の腕にはまだ晒しが巻かれているが血色もよく元気そうだ。

「店がにぎやかで気になってな、ちょっと様子を見にきた……。話は聞かせてもらったよ」

思いのほかほがらかで明るい栄蔵の声に、こまりはほっと胸をなでおろした。

気落ちして寝こんでいたころにくらべて見ちがえるほど快復したようだ。

「申し訳ありませんでした！　俺のせいで！」

ヤスは栄蔵に駆け寄ると深々と土下座をした。

栄蔵はヤスを見下ろし、ふぅと嘆息する。

でばった腹をさすりながら、こまりにささやいた。

「腹が減ってな。しめにもう一品つくっていただろう。わしにも食べさせてくれないか」

「でも、ヤスが……」

土下座をつづけるヤスを気にかけていると栄蔵はふっと笑った。

「ヤスよ。一緒に食べようじゃないか」

栄蔵はやさしい声音で語りかけた。

「いいんで？」

ヤスはおそるおそる顔をあげた。

「もちろんさ。こまりがヤスのために用意した料理だからね。わしのほうがご相伴にあずかっているわけじゃ」

栄蔵はいたずらが成功した子供のように目をほそめて笑った。

「わしと一緒じゃ嫌かね？」

「とんでもねぇ。お供させていただきやす」

栄蔵が床几に腰をおろすと、ヤスもまたとなりに腰をおろした。

狂暴な野犬がいつの間にか忠犬のようにおとなしくなっている。

それでもまだどことなくぎこちない雰囲気が流れていた。

こまりは厨房にたち袖をまくった。腕の見せどころである。

ふたりのわだかまりがほころんで、思わず手に手をとりたくなるようなおいしい料理をつくろうと胸に誓った。

こまりは気合をいれて酒をあおった。

しめに用意していたのは、あじの冷やし茶漬けだ。

残ったあじの身と梅しそをやさしく包丁で刻む。

冷や飯は一度流水にさらした。

ぬめりがとれて、よりさらっと食べられるようになるからだ。

冷や飯に具を載せ、鰹節と昆布をつけて、一晩おいた琥珀色《こはくいろ》の水出汁をかける。

煎り胡麻をふりかけ、最後に思いつきであられを散らしてみる。

こまりは冷やし茶漬けの丼を二人にだした。

「ほう。こりゃあ涼しげで食欲をそそるな」

ヤスも栄蔵も居心地の悪そうな顔をしていたのが嘘のようにぱっと目を輝かせた。

栄蔵は茶漬けをすすった。

「沁みるねぇ……」

ヤスもずずっと一口、茶漬けをすする。

二人ともさっぱりとした梅しその風味に食欲がかきたてられたようだ。

かきこむように茶漬けを流しこむ。

散々食べたあじも水出汁でさっぱりと仕上がると、また一段と違った味わいが楽しめる。

「あられ、茶漬けにあうな。さらさら食えるがあられのカリカリした食感がまたおもしれぇ」

ヤスはあられの食感が気に入ったようだった。

「暑さにやられて夏負け気味だったがさらりと食べられるな」

栄蔵も満足そうにうなずいた。

一息つくと手をあわせ、ごちそうさまとつぶやいた。

どんぶりはこめつぶひとつ残っていない。

二人とも完食だった。

栄蔵は目をほそめて、こまりをやさしく見つめる。

「店はこまりに譲ろう。気の済むまでやってみなさい。いいね？」

こまりは息を呑んだ。感謝で胸が押しつぶされそうだった。

「いいの、栄蔵さん」

「こまりの幸せを選ぶのはこまり自身だと気づかされる思いがしてね。後悔のない生きかたをしなさい。与一ならきっとそう言って背中を押してあげたじゃろう」

栄蔵はちらりとヤスを盗み見て、そっと目を伏せた。

「だから、この店でどんな料理人を雇うかはこまりが好きに決めればいい」

「本当にいいの？　大切につづけてきたお店なのに……」

こまりは胸がつまった。栄蔵のやさしさに感謝してもしきれない。

「いいのさ。わしももう年じゃ。そろそろ隠居してゆっくり悠々自適に暮らしたいと前から考えておったのでな。これもいい機会じゃ」

栄蔵がいなければ、こまりは江戸でやっていくことなどできなかった。

恩ばかりが積み重なって、まだなにもかえせていなかった。

こまりは深々と頭をさげた。

「ありがとうございます。このご恩は生涯忘れません。命を懸けて精一杯働きます」

「こころをいれかえて一生懸命奉公させてくだせぇ。命に代えてもこの店を守ってみせやす」

ヤスも勢いよくたちあがると深々と頭をさげた。

「もう新しい店の名前は決めてあるんだろう？」

栄蔵がためすように訊いてくる。

こまりはにやりとほくそ笑む。

「えへへ。やっぱりばれていたのね」

もし、栄蔵がどうしても店を売ると言い張るなら自分に売ってくれと強引にかけあうつもりだった。

栄蔵はこまりの心情などお見通しであったようだ。

こまりはこほんと咳払いをした。

「小毬屋《こまりや》です」

その時、店の庭で激しく水音のはねる音がした。

「あ、そうそう」

こまりはぽんっと手を叩いた。

「じつは家族がもう一人増えたんだ。栄蔵さんにも紹介しないと」

こまりは庭にでると大きなたらいを抱えてもどった。

たらいのなかでは、迷いかわうそのひじきが切り落としたあじの頭にむしゃぶりつきながら水浴びを楽しんでいた。

「ひじきもね、あじが大好きなの」

「こりゃあ、ゆかいな看板娘がやってきたもんじゃな」

「娘、なのか……？」

栄蔵は豪快に笑い飛ばし、ヤスは困惑して首をかしげた。

こまりは、かわうそのひじきを強く抱きしめた。

「立派な看板娘になるのよ、ひじき！　よろしくね！」

第二献　業火の銕《てつ》

蒸し暑い夏の晩のこと。

栄蔵から店をひき継ぎ、生まれ変わった小毬屋《こまりや》が居酒屋として新しい船出をきったばかりの頃合いであった。

店内はものめずらしさもあって、客入りもよくにぎやかだった。

せまい店ながら満席で、なかなかの盛況ぶりである。

こまりがせわしなく店のなかを動きまわってきり盛りしていると、うしろから威勢のいい声があがった。

ふりかえれば、身なりのいい侍が片手で空のとっくりをふってみせた。

「おい。おかわりだ。いつもの」

「いつものってなんでしたっけ？」

こまりは侍の前でたちどまり小首をかしげた。

侍は長身で肩幅が広く、よく日に焼けた浅黒い肌をしていた。がっつりと鍛えあげた強靭《きょうじん》な体つき。青々とした月代に面《めん》ずれのあと。生真面目そうな真一文字の太い眉。気の強そうな三白眼に筋のとおった大きな鼻梁《びりょう》。着物はしわひとつなく、ぱりっとして整っている。

荒っぽい口調とは裏腹に着物やたちふるまいからは育ちのよさがにじみでていた。水毬屋の客層とは幾分か毛色がちがってみえる。

白河屋のころからの常連客なら顔見知りのはずだが、その男の顔はとんと記憶になかった。

ぎょろっとした三白眼をかっと見開いて侍は怒鳴った。

「冷酒に決まっておるだろうが！」

「お客さん、呑みすぎだよ。水を持ってこようか」

こまりはやさしくさとすが侍は聞く耳をもたなかった。

「なんだと。俺を誰だと思っていやがる」

侍はくだを巻き、酒臭い息を吐く。浅黒い頬が上気している。

したたかに酔っているようだ。

こまりはほんの一瞬でも育ちがよさそうだと思いこんだことを後悔した。

「誰なんですか？」

こまりは正直に聞いた。

本当に誰だかわからないのだからとり繕《つくろ》ってもしかたがない。

誰何《すいか》の声をうけると侍はとたんに悦に入った。

妙な間をおき、芝居がかった口調で名乗りをあげる。

「俺の名は鬼月鋲之丞《おにづきてつのじょう》。人呼んで人斬り鬼鋲《おにてつ》とは俺様のことだ。今夜も呪われし右腕が疼《うず》いてかなわぬわ」

「えっ。お客さん、人斬りなんですか？」

こまりは思わず間の抜けた声をあげた。

人斬り鬼鋲などという異名、一度も聞いたおぼえがない。

鋲之丞は遥か遠くを見つめるように目をほそめた。

「俺とて好きで人を斬っているわけではござらぬ。我が愛刀、鬼丸国綱《おにまるくにつな》が血を欲してやまぬのだ」

銕之丞は大刀の鞘《さや》をにぎり、小刻みにふるえる右腕の手首を左手でつかんだ。

まるで意志の届かぬ右腕をおさえつけるように。

「この妖刀は血を求めてやまぬ。二十歳を迎えるまでに千人斬りを達成しなければ、宿主は命を落とす悲しき運命。されど俺様はすでに九九九人もの人間を斬った。あと一人でこの呪われし宿命からとき放たれるのじゃ……」

「九九九人もの人を！　なんとおそろしい！」

そんな馬鹿なとあきれながらも、こまりは口を手で覆って調子をあわせた。

酔っぱらいの戯言につきあうのも客商売では大切だ。

右腕をおさえつけて、銕之丞は苦しげにうめく。

「ああ、いかん！　またもや呪われし右腕が動きだしたようじゃ……。はやく清めの酒を！　そなたを斬ってしまう前に！」

「女将さん。無理に話をあわせずとも結構。おだてるとつけあがります。徹頭徹尾、徹底して無視してくだされ。酔っぱらいの痴《し》れごとゆえ」

銕之丞のとなりで、これまで地蔵のごとく物静かにちびちびと酒をなめるように呑んでいた二本差しが突如、口をはさんだ。

銕之丞の連れで、やはりどことなく身なりのいい侍であった。

いつの間になついたのか地蔵のような侍の膝のうえでは、ひじきがまるくおさまっている。時折、喉をなでられて気持ちよさそうに目をほそめるさまは、かわうその本分など忘れ去って飼い猫そのものだ。

「黙れ、白旗《しらはた》！　痴《し》れごとなどではないわっ」

銕之丞は白目をむきだしにして、唾液をまき散らして叫んだ。

「痴れごとでないのなら法螺《ほら》吹きでござろう。死してのち閻魔に舌を抜かれても知らぬが」

白旗と呼ばれた男は柳のような優男であった。

眉も薄く、目は糸のように細い、じつに淡泊で平べったい凧《たこ》のような顔をしていた。

だがどんな研ぎすまされた刃よりも切れ味のいい毒舌野郎であった。

白旗は銕之丞を相手にするのはやめ、こまりにむきなおった。

「その刀は質屋で買った安刀でけっして名刀鬼丸国綱《おにまるくにつな》などではござらぬし、呪われた妖刀などでもござらぬ。どうぞお気になさらず」

白旗は骨ばった指先でそっとひじきの背中をやさしくなでながら、淡々と事実だけを積み重ねるように語った。

「九九九人を斬ったという話も大法螺でござる。実際は人ひとり殺めたこともない。この男にそんな度胸など備わってはおらぬ」

「白旗のあほっ！　朴念仁《ぼくねんじん》っ。言い過ぎじゃ！　全部ばらすなどひどいではないかっ」

錬之丞は床につっぷして泣きだしてしまった。

大声を張りあげての大号泣である。

客たちがなんだなんだとふりかえる。

「あのう、大丈夫ですか？」

こまりは心配になってたずねた。

だが白旗は顔色ひとつ変えず、ひょうひょうとしている。

「放っておいてくだされ。いつものことゆえ」

おちょこの酒を一気に呑み干して、白旗は冷たく吐き捨てた。

白旗もそうとう呑んでいるはずだが、酒は強いようでけろりとしている。

「ですが大声で泣かれると他のお客様の迷惑になりますから」

こまりが声をひそめてささやくと白旗は露骨に舌打ちした。

「聞きましたか、錬之丞。店を追いだされたくなくば静かにしなされ。この店も出入り禁止になりたいか」

ぴくり、と錬之丞の肩がかすかにゆれた。

白旗の口ぶりから察するに他の店でも盛大にやらかしているようだ。

身なりのいい侍が小毬屋のような庶民むけの安価な店で油を売っているのも、のっぴきならぬ事情があるにちがいない。

「小毬屋は酒も料理も美味いうえにすこぶる安い。女将さんは小股の切れあがった美人で粋なお人だ。この店の敷居をまたげなくなるのはごめんこうむる」

こまりも淡々と褒められると悪い気はしない。

はじめは困った変な客だと辟易したが、こまりはすっかり気をよくした。

なにかおまけに小皿をつけてあげようと思い至るほどに。

「小毬屋を追いだされたら本当にもういくあてはありませんからね」

白旗に釘を刺され、鋏之丞はとたんに声をひそめ、おとなしくすすり泣きをはじめた。

侍はとかく笑わず不愛想な者が多い。

武士は三年に片頬と教育されると聞くが鋏之丞のなんと喜怒哀楽の激しいことか。こんなにも情緒の安定せぬ侍に出会ったのは生まれてはじめてだ。

なんとも愉快な侍ではないか。

こまりは上機嫌で厨房に入った。

「どうした？」

ヤスが不思議そうに顔をあげる。

「ちょっと一品、おまけの料理をつくりたくなって」

こまりは厨房に入るとすり鉢に味噌、もち粉と白胡麻、七味唐辛子をいれて、まぜ合わせる。味噌の芳醇な香りが鼻腔をくすぐった。

できあがった味噌の種を中指ほどに細長くのばし、しその葉で包んだ。

こまりは鼻歌まじりに慣れた手つきで、何個もおなじものをつくっていく。

やがて四つを一つの束にして竹串に刺し、鍋に油をそそいで軽く揚げた。

焼けた味噌としその香りが食欲をそそり、こまりはごくりと生唾を飲み込んで一本だけ味見した。

「んんっ。甘味噌のやさしくてまろやかな味わいっ。それでいて後からくる唐辛子のピリ辛さっ！　これを食べると故郷の味って感じなのよねぇ」

こまりは一杯ひっかけたい欲求をおさえて、銕之丞たちのもとへ戻る。

「どうぞ。おまけです。今後ともごひいきに」

「おや、これはなんですか。とてもいいにおいですね」

白旗はものめずらしそうに身を乗りだして料理をながめる。

皿の上には小さな巻物のように細長く巻かれたしその葉がならんでいる。

焼き味噌の香ばしく甘い香りに誘われるようにひじきも顔をあげて鼻をひくつかせた。

「江戸では食べませんか。しそ巻きといって、あたしの田舎ではよく食べたのですが」

祖父から教わった直伝の料理のひとつである。

白旗はとまどい気味に箸《はし》をのばし、一口かじった。

だが次の瞬間には感嘆の声をもらしていた。

「うむ。味噌の風味が口のなかに広がって絶品ですな。塩辛いのではなく、のびのある甘辛さとでもいうのでしょうか。じつに酒に合う」

白旗はとり憑かれたようにしそ巻きに舌鼓を打ち、酒をあおった。

だが鋏之丞のほうはといえば、いつのまか大の字にひっくりかえって高鼾《たかいびき》をかいている。

「お水をお持ちしましょうか？」

こまりは見かねてたずねたが白旗は顔色ひとつ変えず、けろりとしている。

「なに。店が閉まるころには拙者が背負って帰るゆえお気になさらず」

白旗はもくもくと手酌で酒を呑みつづけながら即答した。

号泣に負けず劣らず鼾もうるさいもので、気にするなといわれても気になるのだが。

眠ったら眠ったで騒がしい侍である。

あまりにも気持ちよさそうに豪快に眠っているので無理に起こすのも気がひける。こまりはどうしたものかと苦笑を浮かべた。

「このお人、酔うといつもこのようなありさまなのですか？」

「いいえ、酔っていなくても常日頃からこんなありさまでござる」

白旗は白身魚の身のようにあっさりと淡白にこたえた。

こまりは目を瞬かせ、小首をかしげた。

白旗は淡々と言葉をつむぐ。

「このおかたはこころの底から鬼月銕之丞という者になりきっておる。むろん本名は違う。だが銕之丞殿と呼ばぬとろくに返事もせぬ」

「疲れそうですね」

こまりは呆気にとられて、二の句が継げずにいた。

「いや、じつに滑稽で見ていて飽きませぬなぁ」

白旗は腹黒そうな笑みをにやりと浮かべた。

狐のようなほそい目で、ちらりと銕之丞を見やる。

「されど今宵はいつにもまして悪酔いだ。やけ酒だったので致しかたないが」

「なにかあったのですか？」

「練習試合に負けたのじゃ」

白旗はしれっと暴露した。こまりは思わず噴きだした。

千人斬りの剣豪だと豪語する侍が練習試合でころりと負けてやけ酒とは。

「千人斬りの剣豪になるまでは遠い道のりですね」

「いや、銕之丞はけっして腕がたたぬわけではござらぬ。太刀筋からいえば拙者などよりもずっと才は上でござる」

白旗の口から銕之丞の褒め言葉を聞くのははじめてである。

めっぽう毒舌な白旗がみとめるのだから腕は折り紙つきなのだろう。

「では相手がよほどお強かったのですか」

こまりは身を乗りだしてたずねた。

いつの間にか、未来の大剣豪にすっかり情が湧いている。

「なんの。拙者でも倒せる相手でござる。ぺんぺん草のような相手じゃ」

白旗は困りきったような苦笑を浮かべた。

「本日の手合わせは銕之丞の父上がわざわざ見にきておられてな。銕之丞の弱みは、おのれのこころ。すなわち緊張じゃ。期待されているとたんに肩に力が入りすぎ、本領を発揮できなくなる」

「腹さえくだされば、あんなやつには負けなかったのだ！」

　銕之丞はぱっちりと目を覚まし、勢いよく半身を起こした。

　まるで親の仇でもとり逃がしたかのようにくやしげに歯ぎしりする。

「大事な決戦の前にはいつも腹をくだしておってな。腹の虫の悪癖さえなければ江戸一、いや、日ノ本一の剣豪になっていてもおかしくはないのだが！」

　白旗は哀れみながら酒を口にふくんだ。

「緊張ばかりはどうにもならん！」

　銕之丞はこぶしを強くにぎりしめて床几《しょうぎ》を叩いた。

「次の御前試合には断じて負けるわけにはいかぬ！　父上に幻滅される！　俺はどうすればよいのだ！」

　銕之丞は頭をかかえ真っ青になった。

「あの厳格なお父上のことです。できの悪い嫡男は廃嫡されるやもしれませぬな」

　白旗が真顔であおると銕之丞はひどくうろたえた。

「ならぬ！　廃嫡だけはならぬぞ！　浪人の身となって、明日をもしれぬ身となり飢え死にするのだけは嫌じゃ」

　銕之丞は白旗に泣きついて肩をゆする。

だが白旗は素知らぬ顔でにやにやと笑っている。

完全におもしろがっている。

「白旗。頼む、助けてくれ」

「困りましたな。拙者が入れ替わるわけにもまいらぬ。御前試合で卑怯なふるまいをすれば、下手をすれば切腹でござる」

白旗は考えるふうをよそおって、しきりとあごをなでている。

「なんとか緊張せず実力どおりの腕がふるえぬものか」

鋕之丞は眉間にしわを刻み、苦悶に満ちた顔を浮かべた。

「あら。それならあたしにまかせてくださいな」

こまりは間のぬけた明るい声で手をあげた。

「なんですと？」

二人の侍のとまどいがちな視線がこまりへむく。

こまりは大きく胸を張った。

「まかせてください。緊張をやわらげる秘術をたった今、思いついちゃいました」

「どんな秘術だ？」

鋕之丞が喰いぎみにたずねた。

だが、こまりはもったいぶって簡単にはあかさない。

「それはまだ内緒です。でもそのかわりおねがいがあるの」

「なんだ？」

「あたしの秘術のおかげで緊張を克服して御前試合に勝つことができたら、小毬屋でも祝賀会を開いてほしいんです」

「なんだ客びきか」

銕之丞は興ざめしたような顔つきとなったが白旗が穏やかに言い添える。

「いいのではないですか。剣術道場のやつらを連れてきたら喜ぶでしょう。庶民の居酒屋には縁の薄いやつらばかりですから喜びますよ」

「ふむ、それもそうか。こんな狭い庶民の店はめったに来ないからな！」

「狭くておんぼろで汚いちんけでみっともない庶民の店で悪かったわね！」

「いや、そこまでは言っておらなんだが……」

白旗のとりなしでなんとか商談はまとまったがどうにも貶《けな》されているようで、こまりは立腹し、ふくれっ面でそっぽをむいた。

「あんな安請けあいをして大丈夫なのかぁ？」

店じまいのあとヤスがあきれた様子で聞いた。

ヤスの頭には手ぬぐいが巻かれ、犬の字の入れ墨は隠されている。

まだまだ口調は荒っぽいが小毬屋で働くようになったヤスは灰汁《あく》がぬけ、素行もまじめになり、この頃はまっとうな堅気にみえるようになってきた。

ヤスは手先が器用で厨房にたつとすぐに料理人の勘をとりもどした。

実際にヤスのつくる料理は評判がよく、今では小毬屋になくてはならない料理人となっている。

明日のしこみをこなしながら、ヤスは足もとにじゃれつくひじきに魚のあらをわけてやる。

ひじきもすっかりヤスになついているし、なんだかんだとひじきの面倒を一番みているのもヤスであった。

ぶつぶつと文句をもらしつつも子供や動物が好きなようだ。

「なんだ。あんた聞いていたの」

こまりはふりかえりつつ、洗った皿を丁寧にふいて片づけた。

「せまい店だ。でかい声で騒いでりゃ嫌でも耳に入ってくる」

「大丈夫よ。だって困っている人を放っておけないじゃないの」

「お人よしもほどほどにしねぇといつか痛い目をみるぜ。忘れたのか。水毬屋を再興するんだろう。寄り道している暇なんてあるのかよ」

ぶっきらぼうな口調だがヤスなりにこまりを心配し、気遣っている。

「あら、だからこそ銕之丞に商談を持ちかけたんじゃないの。御前試合に勝てたら、小毬屋で祝賀会を開いてくれって」

「祝賀会を開くことがどうして水毬屋の復興につながるんだ」

ヤスが首をかしげる。

こまりは、いたずらを思いついた子供のようににんまりと笑った。

「あの侍、なかなかの上客よ。見たところ旗本の嫡男ってとこかしら。御前試合にでられるくらいだから太い客であることはまちがいないわ。若いのに金払いもよかったし」

頭のなかで銕之丞と白旗の身なりを思いかえしてはそろばんを弾いた。

「だからどうした。玉の輿にでも乗ろうってのか」

「馬鹿なこと言わないで！　祝賀会をきっかけに旗本の剣術仲間をたくさん連れてきてもらって常連になってもらうの。はぶりのいい客が増えて大繁盛、間違いなしだわ」

こまりは鼻息荒くまくしたてた。ヤスはあきれ顔で横槍をいれた。

「失敗したら二度と顔を見せてもらえないぜ。旗本のお坊っちゃんたちに恨まれて悪評をばらまかれるかもな」

こまりはぎくりとした。苦悩する銕之丞をみるにみかねて声をかけたがうまくいかなかった場合など考えもしなかった。

こまりは慌てて頭をふる。ほとんど自分に言い聞かせるように、こまりはつぶやいた。

「大丈夫よ。必ずうまくやってみせるわ。水毬屋のためだもの」

「どうするつもりだ？　その秘術ってやつは口からでまかせじゃないだろうな」

ヤスはひじきを抱きかかえながら首をかしげる。

「ふふ、もちろんよ。あんたにも手伝ってもらうわよ」

こまりは人相の悪い笑みを浮かべて悪代官のようにヤスにつめ寄った。

「悪党を退治して自信をつけさせるのよ。名付けて鬼退治大作戦よ！」

御前試合の前日。

こまりは朝早く小毬屋の厨房にたっていた。

このあと緊張をしない秘術を教えるため銕之丞と会う算段なのだが、こまりは今日の最後にとっておきの勝負飯を授けると決めていた。

「やっぱり腹が減っては戦はできぬというものね」

こまりは銕之丞に授ける勝負飯をつくるため気合をいれた。

顔をぴしっと両手で叩き、水でよく手を洗う。

米が炊きあがるまで、こまりは下ごしらえをすることにした。

鍋に水と昆布をいれて火にかけ、煮たってきたら鰹節を投入する。

蓋をしてしばらく煮たったら火をとめて、湯のなかを踊るように泳いでいた鰹節が沈んでいくのを待った。

鍋の上にざるをおき昆布と鰹節をとりだして漉《こ》し出汁をとった。

ねぎをみじん切りに刻み、小鉢に味噌、ねぎ、みりん、出汁をくわえてまぜあわせる。

そうこうしているうちに米が炊きあがった。

「勝負飯といえば、やっぱり焼きおにぎりよ」

こまりは勝気にふんと鼻を鳴らし、炊きたてのごはんを味見する。

ごはんは一粒一粒がふっくらとしてつやがあり透明で光輝いていた。

噛むとほのかな甘みがあり、食欲をそそった。

熱々の湯気がたちのぼる炊きたての米をおひつに移し、常温になるまで鼻歌を唄いながらしばし待つ。

「炊きたてのごはんでしっかりにぎるのが、くずれにくいおにぎりをつくるコツだって、昔おじいちゃんがよく言ってたっけ」

こまりは手のひらを水にさらすと十分に冷えた飯をにぎった。米が隙間なくたくさんつまるようにぎゅぎゅっと力をこめてにぎる。五つほどこしらえて、こまりは七輪に火をつけた。網のうえにおにぎりを載せて焼く。表面に軽く焦げ目がつき固くなったら、ひっくり返して裏側も焼きあげる。両面がかりかりに焼けたら用意しておいたねぎ味噌を塗る。とたんに味噌の焼ける芳醇な香りが米の焼けるにおいとまざって、こまりはごくりと生唾を飲み込んだ。

両面にたっぷり味噌を塗りこんで、焼きおにぎりはできあがった。

「ま、見分も大事よね。なにせ大事な勝負飯だし」

こまりは、焼きたてのおにぎりにがぶりとてっぺんからかじりつく。

「んんっ。表面はかりかり、なかはふっくら。味噌の濃密な甘みがごはんの甘さとからみあって最高っ」

こまりが銕之丞をよびだしたのはその日のこと。

雲ひとつない晴天が広がった昼下がりのことであった。

からっとした夏晴れで、過ごしやすい一日であった。

「ここが浅草寺ね。江戸に来てから店の手伝いばかりで一度も見物に訪れたことがなかったの」

浅草寺の常香炉《じょうこうろ》の白煙を一身に浴び、こまりは喜々として飛びはねた。

横にいる銕之丞は口をへの字に曲げている。

不満げな様子である。

「江戸の名所見物のどこが緊張をやわらげる秘術なのじゃ？」

「まぁまぁ。浅草寺を参ることも緊張をときほぐす秘術のひとつなのです」

こまりは銕之丞をなだめつつ、仲見世で買ったきびだんごをむさぼり食べた。

こまりの口まわりには、きなこが白ひげのようにこびりついている。

銕之丞はあきれて盛大なため息を吐く。

「秘術が神頼みとは情けない。遊びにつき合っている暇はござらん。これにて失礼する」

鋏之丞は背をむけて去ろうとする。

「お待ちなさい」

その首根っこを、こまりはむんずっとつかんだ。

「なにをするかっ。俺様に触るなっ。邪魔だてするとこの呪われし右腕が叩き斬ってしまうぞっ」

鋏之丞は狂暴な野犬のように吠え、こまりの手を強引にふり払った。

「俺様は帰る。こんなところでふらふらしておっては腕がなまってしまうのでな」

「道場へ行って朝まで稽古に励《はげ》むつもりでしょう」

こまりは苛だった背中に声を投げかけた。

「あたりまえだ。明日は大事な御前試合が控えておるのだぞ。父上に恥をかかせるわけにはいかぬ。俺様は命にかえても勝利せねばならんのだ」

足をとめてふりかえった鋏之丞の顔はまるでこの世の終わりとでも告げるような思いつめた顔をしていた。

「そのためには粉骨砕身、努力あるのみだ。一寸たりとも気を抜くわけにはいかぬ！道場がだめならば家の庭で朝まで素振りをするまでのこと」

「わかってないわねぇ！　だからだめなのよ。そのままだと明日の試合も負けたも同然ね」

　こまりは腰に手をあてて、おおげさに嘆いてみせる。

「なんだと。無礼な」

　銕之丞は気色ばみ、声に怒気をにじませた。

　こまりは、まだなにかをわめき散らそうとする銕之丞の口にきびだんごを放りこむ。

「むぐっ」

「耳の穴をかっぽじってよく聞きなさい。千人斬りの人斬りにだってねぇ、休息は必要なのよ！」

「なに！」

　銕之丞は雷に打たれたように愕然《がくぜん》としてたちつくした。

「稽古も大事だけど身体はもっと大切にしないと。疲れた身体じゃ勝てる試合も勝てないわ」

　こまりは正直あきれ果てていた。

　やる気に満ちあふれた銕之丞のことだから稽古のし通しでろくな休息もとっていないにちがいないと勘ぐってはいたが、まさか朝まで素振りをするつもりだったとは。

だが銕之丞は不安そうに視線を泳がせて弱音を吐いた。

「されど俺様は休むことは苦手なのじゃ。手持ち無沙汰は嫌な思い出ばかりが浮かんでくる。身体が疲れ果てていないと夜もろくに眠れぬ。寝不足が一番嫌いじゃ」

まるでむこう見ずにつっぱしる猪《いのしし》のようなことをいう。

だが猪だって疲労すれば休息くらいとるというものだ。

「そのための浅草見物でしょうが。歩きまわっていればお腹も空くし、眠気もくるわよ」

こまりは得意げに胸を張った。

「練習熱心もいいことだけどたまには息抜きも大切よ。怠けることと息抜きは違うもの」

「息抜き、か」

銕之丞は目からぽとりと鱗《うろこ》が落ちたようだった。

もう一本、きびだんごをさしだすと銕之丞はおずおずとうけとった。

銕之丞はおもむろにきびだんごを口にふくむ。銕之丞の頬がかすかにゆるんだ。緊張がやわらいできたようだ。

こまりは日の光を浴びた浅草寺をながめながら満足気にうなずいた。

「お酒を呑んで憂さを晴らすのもいいけど、寺巡りをして普段とは違う景色をながめるのも悪くないものでしょう」

銕之丞は片頬にきなこをつけたまま照れくさそうにはにかんだ。

「きびだんごとはこんなに美味なものだったのだな。すっかり失念しておったぞ」

銕之丞は、しゃちほこばってえらそうな剣豪になりきっている時よりも年相応の顔つきとなっていた。


こまりたちは日が傾くまで浅草見物を楽しんだ。

東本願寺、篠塚《しのづか》稲荷神社、駒形《こまがた》堂清水稲荷など熱心にあちこちの寺社仏閣を巡ってまわった。また香ばしいにおいの漂う屋台を見つければ買い求めて、買い食いも楽しんだ。

銕之丞の息抜きという名目ではあったが、こまりも思う存分浅草見物を堪能していた。

江戸に来てから休まる暇もなかったぶん、とても充足した一日であった。

二人は最後に矢先《やさき》稲荷神社へむかった。

境内にたどり着いたころにはすっかり日も暮れかかっていた。

手水舎《ちょうずしゃ》で手を清めながら、こまりは弾んだ声で告げた。

「このあたりの寺社はまわりつくした気がしていたけどまだ残っていたわね」

「浅草は寺や神社が多いからな。小さな仏閣や祠《ほこら》などをふくめたら一日じゃとてもまわりきれんぞ」

「ならまたいこうよ。大切な試合の前の息抜きにさ」

こまりはひしゃくで水をすくい、鋏之丞の両の手のひらにかけてやる。

鋏之丞もまた満更でもなさそうにうなずいた。

「そうだな。俺様は剣術修行に多忙な身の上だがごくたまには息抜きも悪くない」

「一日中、歩き倒したおかげでお腹も減ったし、身体もほどよく疲れたでしょう。晩飯をかきこんでひと眠りすれば、明日の朝はすっきりと起きられるはずよ」

「なるほど。たしかに稽古の疲れなどは残らなそうだ」

「さて、では最後のお参りをすませて帰りますか」

こまりは御前試合のはじまる前から、すっかり善行をおこなった心持ちになっていた。この調子でいけば明日は緊張に苦しまずに肩の力を抜いて、試合に臨めるだろう。こまりはすでに試合に勝ったつもりでいた。

小毬屋で毎回祝勝会を開けば儲《もう》かるのにな、などと捕らぬたぬきの皮算用までしていた。

しかし念には念をいれ、神頼みも大切だ。

お参りのため拝殿の前に進みでようとしたその時。

銕之丞に突如、腕をつかまれた。こまりはきょとんとした。

「どうしたのよ？」

「いや、ひとつ教えて欲しいのだが」

銕之丞は真剣な眼ざしで、こまりの目をのぞきこむ。

「どの仏閣でもいつも真剣に祈っておったな。いったいなにを祈っておったのだ？」

「もちろん明日の御前試合に勝てますようにってさ」

御前試合のいく末もあるが、小毬屋の商売繁盛、水毬屋の一日もはやい再興など祈りのたねは山ほどある。

――神様仏様。どうか水毬屋が再興しておいしいお酒がつくれるようにお守りください。おいしいお酒がつくれたら御神酒をたくさん奉納しますから。

こまりはどの神社でも真剣につめこめるかぎりの神頼みをした。

だが銕之丞にはちょっとした勘違いを与えたようだった。

銕之丞は頬を赤く染め、視線をそらす。

「まさかこの俺様に惚れておるのか……」

「は？　そんなわけ……、ちょっとこっちに来て！」

こまりは強引に銕之丞の手をとって、とっさに物陰に隠れた。

二人の身体が密着しあい、銕之丞はうろたえた声をあげた。

「なにをする！　神仏の前で大胆すぎるのではないか。罰があたったらどうするつもりじゃ。男女の睦言というものはしかるべき場所でだな……」

「しっ。静かにして」

こまりは慌てて銕之丞の口を手のひらでふさいだ。

暗闇のなかから、ふらりとほっかむりをした男が現れた。

長身痩軀の猫背で顔ははっきりとは見えないが、人相の悪いゴロツキといった風貌《ふうぼう》だ。

神頼みをするような参拝客にはとても見えない。

男は拝殿の前で、きょろきょろと周囲を見渡す。

「……あやしい風体だな。賽銭《さいせん》泥棒か？」

銕之丞はこまりの耳もとで小さくささやいた。

人の気配がないことをたしかめ、男はすっと拝殿のなかへ入っていく。

「もう一人、来るわ」

黄昏《たそがれ》を背にふらりと別の影法師が現れた。

編笠を深くかぶり、これまた顔はよく見えぬがどこぞの商家の手代といった格好であった。手代風の男も拝殿の前で賽銭を投げいれるでも手を合わせるでもなく、大胆にも拝殿のなかへ忍び入っていった。

「なかをのぞいてみましょう」

こまりは物陰からひっそりと這いでた。

なかの様子がわかる場所はないかと探しまわり、裏口の障子戸の隙間を見つけた。

かすかにろうそくの灯りがゆれ、男二人の影が見え隠れする。

「……松添《まつぞえ》屋の件、手筈《てはず》は整っておるだろうな」

「へい。それはもう抜かりなく。ばっちりと」

手代風の男が手もみせんばかりに相槌《あいづち》を打っている。

「それにしても親分。こんな神さんが見ているまえで押しこみの相談たぁ、罰があたりませんかねぇ」

「馬鹿をいえ。拝殿のなかが一番人目につかずにすむってもんだろうが。拝殿のなかをのぞく罰あたりな参拝客なんぞいやしねぇからな」

「ちげぇねぇや。さすがは親分。頭がいいねぇ」

手代風の男はぽんと膝を叩いた。

「それじゃ手筈どおり、今宵しけこむぞ」

親分は凄みのある声を発した。

「そのことなんですがねぇ、親分。あっしにひとつ名案があるんでさ」

「ほう。なんだ」

「巷を騒がせている妖盗野槌。今回のおつとめをあいつの仕業にみせかけるってのはどうでさ。盗賊改メのやつらが野槌の仕業と勘ぐって追いかけているうちに親分はひっそり江戸をおさらばするって寸法で」

手代風の男は忍び笑いをもらした。だが親分は慎重だった。

「しかし、どうやって野槌の仕業にみせかける。野槌は財宝には興味のないおかしな妖盗と聞くが」

もったいぶるように手代は間をおいた。

「兄貴、金山寺《きんざんじ》味噌って知ってやすかい」

「ああ。一度食ったことがある。ありゃあ飯にも酒にもよく合う」

金山寺味噌はなめ味噌の一種である。

紀州藩の特産物で徳川吉宗が八代将軍になったみぎり、幕府に献上させ、江戸にも一躍広まった。

「じゃあ、清国の径山寺《きんざんじ》味噌ってのは？」

「なんだ、それは」

「径山寺ってのは清国にある由緒あるお寺らしいでさ。なんでもその昔、径山寺へ修行にいった坊さんがなめ味噌を持ち帰って広めたのが日本の金山寺味噌のはじまりらしい。つまり径山寺味噌ってのは金山寺味噌の発祥の元になった味噌ってことになりやす」

「ほう。で、その異国の味噌がどうしたというのだ」

「伝説の径山寺味噌があるんですな。松添屋に」

「なに。しかし、径山寺ってのは清国の味噌なんだろう。どうやって手にいれるというのだ」

「それがなんと抜け荷なんでござんすな」

手代はにやりとほくそ笑む。

「そりゃあ、おもしれぇ話だな」

親分は目の奥を光らせて、身を乗りだした。

だんだんと手代も饒舌になっていく。

「松添屋の旦那もこれがまた野槌に負けず劣らぬ食道楽な野郎で。とくになめ味噌に目がないときたもんでさ。怪しい珍味、美食と聞きゃあ金に糸目をつけずに買い漁るお人で」

手代は品のない下卑た笑みを浮かべた。

「径山寺味噌が本物かどうかってのは、あっしにはどうでもいい話なんですがね。偽物だって、誰もわかりゃしねぇんだ。あっしは味噌に金をかけるくらいならいい女をしこたま抱きてえ性分なもんで」

「はは。そりゃ、ちがいねぇな」

「しかしね、こりゃあちょいと使えるなとひらめきやしてね」

手代は親分に顔を寄せて耳打ちした。

「親分は押しこみ強盗の時、金子と一緒に径山寺味噌も盗んでいってくんなせえ」

「ほう。まあ味噌を盗みだすくらいわけはねぇが」

「そうしてあっしがこう騒ぐんでさ。ありゃあ妖盗野槌だ。妖盗野槌の仕業にちがいねえってね」

「しかし、そう簡単にうまくいくか？」

「なぁに。妖盗野槌の顔を見知っているものなんざ、誰もいやしねぇんだ。おしつけたもん勝ちってなもんだ。まぁ、まかせてくだせえよ」

話が片づいた頃合いにはとっぷりと日も沈み、辺りは暗闇に包まれていた。

群雲が流れて半月が見え隠れしている。

蛍のほのかな光が境内を飛びかっていた。

二人の悪党どもはまた別々に拝殿をでて闇夜にまぎれ消えた。

「すごい話を聞いちゃったわね」

こまりは茫然とつぶやいた。涼しげな風が頬をなで、背筋に悪寒が走った。

「こうしちゃいられないよ。とりあえず辻番に駆けこんで……」

「だめじゃ。応援を呼べばやつらに悟られる。俺様一人でいく」

銕之丞はこまりの腕をつかみ、大真面目に語った。

こまりは仰天した。

「無謀すぎるわ。押しこみ強盗よ。明日は大事な御前試合なのよ。一人でのりこんで怪我でもしたらどうするの」

銕之丞は小さく頭をふった。

「御前試合よりも人の命のほうが大事じゃ。松添屋の人たちを悪党から救いたいのだ」

「でも無茶よ。殺されるわ。応援を呼ぶべきよ」

「ふっ。案ずるな。俺様を誰だと思っておる。人斬り銕之丞とは俺様のこと。この妖刀鬼丸国綱があれば敵が何十人いようが心配は無用じゃ」

銕之丞は鼻息荒く、得意げに愛刀の鍔《つば》を鳴らしてみせた。

「いや、白旗さんがその刀は偽物だって！」

「かよわいおなごを修羅の道につき合わせるわけにはいかぬ。夜道を送ってやれずすまぬがこまり殿は帰られよ。これにて失敬」

まったく人の忠告を耳にいれぬ男である。

銕之丞は軽々と身をひるがえし、夜の道を一目散に駆けだしていく。

「ちょっと待って！　違うのよ！」

こまりが慌ててあとを追おうとしたその時だった。

「姐さん！」

うしろから現れたのはヤスと白旗だった。

二人とも急いで駆けつけてきたようで息があがっている。

「遅い！」

こまりは頭ごなしに二人をなじった。

「あんたたちの迫真の演技はたいしたものだけど遅すぎるわ。段どりと話が全然違うじゃないの。これから強盗を追い払うんじゃ、銕之丞の帰りが遅くなっちゃうじゃない。夜はたっぷり寝て疲れをとる算段だったのに」

こまりは頬をふくらませてそっぽをむいた。

じつは緊張をときほぐす秘術とは偽強盗を退治させ、自信をつけさせる算段だったのだ。

こまりが浅草見物と名づけて銕之丞を連れまわし、偽強盗に扮《ふん》したヤスと白旗の二人と鉢合わせするもくろみだった。だが浅草中を歩きまわっても、なかなかヤスたちが現れぬので内心やきもきしていたこまりであった。

「だけどさ、妖盗野槌に罪をおっかぶせようとするくだりなんて秀逸だったわ。さすが腐っても咎犬のヤス。悪知恵を働かせたら右にでるものはいないわね」

こまりがひとえに感心していると、ヤスはけげんそうに眉をひそめた。

「なんの話をしているんで？　段どりと話が違うのは姐さんのほうじゃねぇか。俺たちゃ、ずっと浅間神社の境内で待っていたんだぜ」

「え？」

こまりは間の抜けた声をあげた。白旗も不機嫌そうに仏頂面を浮かべている。

「なかなか現れぬので女将さんが神社をまちがえたんじゃないかと、こころあたりを探しまわっておったのじゃ」

「ええ！　じゃああの強盗たちは本物！」

こまりは度肝を抜かれて叫んだ。

悪党たちのたくらみにはおどろいたが、あくまでも親分はヤス、手代は白旗が役になりきった芝居をしていると信じこんでいた。

二人ともたいした役者だ、これならいつでも芝居小屋で働けると舌を巻いていたのだが。

こまりはとたんに血の気を失った。

「大変！　はやく銕之丞をとめないと！」

松添屋は浅草でおおいに繁盛している木綿問屋である。

瓦屋根の広々とした土蔵造りの商家で長屋門の奥には立派な蔵がみえる。

昼間であれば客や奉公人でにぎわっているのだろうが夜も深まり、周囲は寝静まっているのか人の気配はまるでなかった。

銕之丞は物陰に身を隠して息をひそめてじっと、くぐり戸の様子をうかがっていた。

「やっとみつけた。なにをしているの」

「うおっ」

うしろから声をかけると銕之丞の手のひらからなにかがぽとりと地面に落ちた。

「無断で背後にたってはならぬ。妖刀の餌食になっても知らぬぞ」

銕之丞は腰を抜かしかけたことを隠すように低い声で念を押した。

顔をこわばらせて、ふるえる右腕をおさえながら地面に落ちた巾着《きんちゃく》を拾う。

「ごめんなさい。あの強盗たちはまだ来ていないの？」

「ああ。もっと夜の深まった丑三つどきに押しこむつもりにちがいない」

銕之丞は門を見張りながら、うなった。

こまりはほっと胸をなでおろした。

まだ誰も傷ついていない。銕之丞も無事でよかった。

「強盗があると店の人に伝えたほうがいいわ。叩き起こしましょう」

「だめだ」

銕之丞はすぐに断言した。こまりは気色ばむ。

「どうして。人の命がかかっているのよ。なにかあってからでは遅いわ」

「あの手代は丁稚のころからこの店に奉公しておるのだろう。この押しこみは年季の入ったくわだてなのじゃ」

鋏之丞はこまりを一瞥《いちべつ》して、淡々と諭じた。

「店の者たちは手代を信じ切っておる。突然よそ者が現れて、強盗に狙われていて、手代が手びきしているなどと告げても信用せぬ。なにより手代に知れたら犯行はとりやめとなろう。あの一味も行方をくらまし、捕縛できなくなる」

鋏之丞はまるで獲物を狙う狼のように目の奥を光らせた。

「一味をとり逃がせば、松添屋は助かってもいつか違う犠牲者がでる。それではだめじゃ。今夜一味を一網打尽にせねばならぬ」

鋏之丞は、強い闘志を燃やしていた。

「そんなことよりも、だ」

鋏之丞はこまりの肩をつかみ、強い視線で射抜いた。

「これから先は血で血を洗う激闘となろう。いくら俺様が天下無双の誇り高き孤高の剣豪といえどもこまり殿を守ってやる余裕はない。足手まといは無用じゃ。頼むからたち去ってはくれぬか」

「いやよ。あたしにはまだやり残したことがあるの」

こまりは顔色ひとつ変えずに即答した。

「なんじゃと？」

「約束したでしょう。銕之丞の緊張をほぐす手伝いをしてあげるって」

こまりはふんわりと柔和な笑みを浮かべた。

銕之丞は虚をつかれ、たじろぐ。

「されど、今日は浅草見物につき合ってもらったぞ。それで充分ではないか」

「その手に持っているものはなに」

こまりは銕之丞の言葉をさえぎって、にぎられた巾着を指さした。

「勝ち栗だ。いつも大事な試合の前にはゲン担ぎに腹いっぱいたらふく食べることにしておる」

銕之丞は大真面目な顔でこたえた。

こまりは奪いとるようにして巾着の中身をたしかめた。

巾着は持ってみると思いのほかずっしりとした手ごたえがあった。のぞいてみれば、たんまりと栗が敷きつめられている。

巾着袋は若干焦げ臭かった。

「たらふくって？　どれくらい？」

「満腹になるまでだ。ゲン担ぎなのだからなるべく多いほうがいいだろう」

「勝ち栗のほかは食べないの？」

「大事な試合の前は勝ち栗のほかはいっさい口にせぬことにしておる。しかし、明日の試合のために用意しておいて助かったぞ。腹が減っては戦はできぬからな」

鋏之丞は高笑いをして勝ち栗をひとつつまみ、口内に放りこもうとした。

だが、まるで蠅でも叩き落すかのようにこまりは鋏之丞の手の甲を叩く。

勝ち栗は鋏之丞の口には届かず、ぽとりと足もとに落下した。

「だめ。全然だめ！」

こまりは一刀両断した。

「なんじゃと。これから俺様は命をかけた斬りあいをするのだ。いくら俺様が鬼才あふれる天才剣士とはいえゲン担ぎくらいしたっていいだろうが」

鋏之丞は眉をつりあげて立腹した。

だが、こまりは一歩もひかなかった。

「普段食べなれないものを一気にたくさん食べるからお腹を壊すのよ。だから土壇場で力がでないんだわ」

「なにっ」

こまりは畳みかけるようにまくしたてた。

「試合前は緊張で腹をくだすって酔いつぶれながら嘆いていたわよね。きっと緊張じゃなくて勝ち栗の食べ過ぎだったのよ」

「なんだと」

　銕之丞は思わぬ意見に目をむいた。

　こまりは腕を組み仁王だちで銕之丞を叱りつけた。

「だいたい身体を動かす前にたくさん食べると脇腹が痛くなるでしょうが」

　銕之丞は思いあたる節があるのか言いかえす余裕もなく、たじたじとなっている。

「力をつけたいならこれを食べなさいな」

　こまりは風呂敷袋から竹笹につつまれたおにぎりをとりだした。

「なんじゃ、これは」

「ねぎ味噌の焼きおにぎりよ。なんといっても力をつけるならごはんでしょう」

「しかし……」

　銕之丞は味噌の香ばしさにあてられて、鼻をひくつかせた。

　だが勝ち栗に未練があるらしく、おにぎりに手をだそうとしない。

「いいからだまされたと思って食べてみなさいよ。必ず力が湧いてくるから」

　こまりは勝ち栗の巾着を奪いとったまま、おにぎりだけを押しつけた。

しばらく鋏之丞はおにぎりの葛藤にゆれ、うなっていた。

「だいたい今までもゲンを担いでうまくいかなかったんでしょ。だったらゲンを担ぐ必要なんてないじゃないの。今日たくさん神社仏閣をまわったんだからゲンなんて気にしなくて大丈夫よ。霊験あらたかなお守りもたくさん買ったし」

「いや、しかし……。ゲンは大事じゃ……」

鋏之丞は歯切れが悪くなかなか煮えきらない。

こまりはまどろっこしくなり竹笹をむいてやった。

ねぎ味噌の焼きおにぎりと対面し、鋏之丞は垂涎せんばかりに喉を鳴らした。

こぶしほどはある大きな焼きおにぎりは角のとれたまるい形をしている。

「知らないの？　おにぎりだってゲン担ぎになるのよ」

「そうなのか？　それは知らなんだ」

鋏之丞はとたんに眼を輝かせた。効果覿面《てきめん》だ。

香ばしい味噌の香りに鼻腔《びこう》をくすぐられ、ごくりと生唾を飲みこむ鋏之丞を尻目にもう一押しと踏んだ。

「おにぎりだから鬼を斬るってこと。厄除けになるの。鬼を斬るなんて鋏之丞にふさわしいゲン担ぎでしょ。人呼んで人斬り鬼銕の剣豪さん」

「ふん。せっかくだ。いただこう。腹が減っては戦はできぬからな」

銕之丞は態度を一変させた。

「いただきます」

大きく口をあけて、おにぎりにかぶりつく。

ほんの一瞬、銕之丞はおどろきの表情を浮かべた。

咀嚼《そしゃく》して飲みこむとみるみるうちに相好《そうごう》がくずれていく。

もう一口、あと一口がとまらない。

「ふしぎだ。口のなかで、むすびがはらりとほぐれるようだ」

「そうでしょう。力をいれすぎないのがこつなの。甘い江戸味噌をたっぷりぬりこんで焼いたんだから疲れがふっ飛ぶわよ」

こまりは自信満々に語った。

小毬屋の愛情もたっぷりねりこんであるのだ。

「そして、はいこれ。気つけ薬」

こまりは竹筒を銕之丞に手渡した。

竹筒のなかには透明な水がたっぷりと入っている。

「なんだ、水か？　気がきくな」

鋏之丞は、喉が渇いていたようだ。

竹筒の水を勢いよく口にふくみ、盛大にむせた。

「酒ではないか！」

「だから気つけの薬っていったでしょう」

こまりは鋏之丞から竹筒を奪いとるようにして酒をあおった。

「飲みすぎるのはよくないけどね。こころの枷《かせ》がほぐれて気合が入るでしょう」

鋏之丞の口から自然と笑みがこぼれた。

「その薬、もうすこし寄こせ」

鋏之丞も竹筒をこまりから奪いかえすと荒っぽく、喉を鳴らして飲んだ。

「なんだか力が湧いてくる」

鋏之丞はぺろりとひとつめの焼きおにぎりをたいらげる。

自然とふたつめに手をのばした。

丑の刻をすこし過ぎた頃合いであった。

　こまりは眠気に負け、銕之丞の肩に寄りかかりながらうとうとと舟を漕いでいた。物陰からかすかな物音がして、銕之丞はこまりの肩をゆすった。

「こまり殿。起きられよ。眠っている場合ではござらぬ」

「なに……。もう食べられない……、むにゃ……」

　こまりはいまだ半分、夢のなかにいた。

「こんな一大事に眠れるとは肝の据わったおなごじゃ……、さては緊張もしたことがないのではないか？」

　銕之丞は茫然とつぶやいた。

「なんですって。失礼な人ね」

　こまりは目を覚まし、ぱしっと肩をどつく。

　悪口や文句ほど耳聡くなるのはなぜだろう。

　とにもかくにも押しこみである。

　見れば、くぐり戸から手代が賊の一味を招きいれようとしていた。

「こまり殿。ここから先は戦場じゃ。おなごの居場所はない。逃げられよ」

　銕之丞は小声で耳打ちした。

「いや。あたしはまだここにいるわ」

「されど多勢に無勢じゃ。いくら俺様が千人斬りの剣豪といってもこまり殿の身までは守ってはやれぬ」

「応援をよぼうとしなかったのは鋏之丞じゃないの」

こまりはむっとして口ごたえをした。かよわい女扱いは好きではない。

「応援を呼んでは俺様のでる幕はなくなる。俺はおのれの力を試したい。力があると証したいのじゃ」

とり繕った言葉ではない、鋏之丞の本音がこぼれた。

「力を試そうにも死んでしまったら元も子もないわ」

「俺は人を斬ってみたい」

鋏之丞は、ふいに真顔になった。

人斬り鬼鋏を演じきっていない、等身大の姿が浮き彫りとなっていた。

「人を斬れば肝が据わる。竹刀での打ち合いなど恐るるにたらぬと自信が持てる。ゆえに俺は人を斬らねばならぬのだ」

鋏之丞からは強くなりたいという渇望がとめどなくあふれている。

鋏之丞は強く唇を嚙みしめた。

「強くなれぬならば生きていてもしかたがない」

　こまりはふっと笑った。

「あたしのことは気にしなくていいわ。存分に暴れてきなさい。守ってもらわなくても結構よ。自分の身くらい自分でなんとかするわ」

「しかし、こまり殿。なぜ、そこまで……。やはり俺様に惚れて……」

　鋏之丞は浅黒い頬をうっすらと染めた。

「は？　なにをいってるの。決まっているでしょう。水毬屋と径山寺味噌のためよ！」

　こまりは堂々と胸を張った。

「え？」

　たじろぐ鋏之丞のことなどつゆ知らず、こまりは力説した。

「水毬屋はね、あたしの実家の酒蔵なの。今は潰れちゃったけど、お金を貯めて再興させたいのよ。だから鋏之丞には御前試合で活躍して、小毬屋にもっとお金を落としてもらわないと困るの」

「して、径山寺味噌のためとは……」

「だって径山寺味噌よ？　清国の味噌よ。抜け荷までして手にいれた味噌よ。気になるじゃないの。せめてひとなめしないと帰るに帰れないわ」

　こまりの執念は激しく燃えていた。

どさくさにまぎれて、あわよくば径山寺味噌を手にいれるために!

賊たちは寝静まった屋敷に侵入すると蔵へむかった。

すべて手代が手びきをしているのでたやすいものである。

なれた手つきで、手代は錠前をはずす。

蔵のなかは千両箱が天井近くまでうずたかく山積みとなっていた。

「松添屋の親父、ずいぶんと貯めこんでやがらぁ」

賊の親玉は千両箱の山を見上げて舌なめずりした。

「そりゃあね。あのたぬき親父、お上の目を盗んでずいぶんとあこぎな真似ごともやってまさぁ」

手代は親分にすり寄ってもみ手せんばかりに媚びへつらった。

親分はにんまりと不遜に笑う。

「そりゃ、お灸を据えねばならんな」

「いひひ。富を貯めこむ分限者には仕置きが必要ですな」

手代がにやりと笑う。

「おまえら、ひとつ残らず運びだせ」

「へい、親分」

子分たちはまっしぐらに散っていき、次々と千両箱に手をのばした。

その時であった。

蔵の外でぱきりと小枝を踏む音がした。

「誰だ！」

賊たちがいっせいにふりむく。

開け放たれた扉の外にいたのは松添屋の娘お絹であった。

おっとりとしてふくよかな年ごろの愛らしい娘である。

お絹は腰を抜かして尻もちをついた。

「なにをしているの、末吉。その者たちは……」

お絹はふるえる声ですがりつくような視線を手代へむけた。

「なんだ、この家の娘か」

「へぇ。一人娘でさ」

末吉は目を細めて、にたぁと薄気味の悪い残忍な笑みを浮かべた。

「見られちまったもんはしょうがねぇ。騒がれたら面倒だ。さっさと殺しやしょう」

「そんな。末吉……。助けて。命だけは……」

お絹が目尻に涙を浮かべ、後ずさりながら懇願する。

だが賊たちは聞く耳など持ち合わせてはいなかった。

「やっちまえ！」

末吉が吐き捨てるように言い放つ。

「やめて！」

賊が匕首《あいくち》で泣き叫ぶお絹の咽喉をかき切ろうとした——その時。

侍が飛びだしてきて賊の背中を強く打った。

たまらずに賊は地面に倒れこむ。

「誰だ、おまえは！」

「なに。この俺様を知らないだと？　なんてもぐりなやつらじゃ。千人斬りの大剣豪、人呼んで人斬り鬼銕とは俺様のことだっ！」

銕之丞は高笑いとともにふんぞりかえって豪快に名乗りをあげた。

「なに！　人斬りだとっ」

「千人斬りの大剣豪だと！」

とたんに賊たちに動揺が走る。

「馬鹿野郎どもっ。人斬り鬼銕なんて異名、これっぽっちも聞いたことがねぇ。妙なハッタリにだまされるな」

親分に一喝され、一味ははっと我にかえった。

「たしかに聞いたことなんざねぇや」

「俺も知らねえぞ」

「千人斬りも嘘っぱちにちがいねぇ」

銕之丞は図星をつかれて、うろたえた。

「嘘ではない！　これからそうなる見通しなのだ！」

「嘘じゃねぇか。この法螺《ほら》吹きが」

銕之丞は大勢の冷めた視線を浴びた。

緊張からどっと汗が噴きだす。

「神妙にせぬと叩ひ切るじょ」

威勢よく言い放つつもりが舌がもつれ、ろれつがまわらない。

どっと賊たちが嘲笑う。

「わ、笑うな！」

銕之丞は耳の裏まで真っ赤になって叫んだ。

「こいつ、手がふるえてやがるぜ」

「へっぴり腰じゃねぇか。千人斬りなんて大層な口を叩きやがって」

「そんなかまえじゃ、犬一匹斬れねぇだろうよ」

「犬など斬ってたまるか！　かわいそうだろうが！」

銕之丞が激昂する。根はやさしい侍なのであった。

「何者かは知らねえが邪魔だ。まずはこいつから切り刻んでなますにしてやれ」

賊の一味が銕之丞に襲いかかる。

「ぐっ」

銕之丞の足は、まるで影法師が地面に縫いつけられたかのごとく一歩も動かない。

「銕之丞！　しっかりおしっ」

こまりの罵声を背中に浴びて、銕之丞ははっとした。

ふりおろされる鉈《なた》から間一髪、飛び退《しさ》る。

「ぼうっとして危ないじゃないの。あんた、また腹でもくだしてるの？」

「えっ」

銕之丞は唖然として腹をなでた。

「そういえば……。腹はすこしも痛くない」

「そうでしょう？　ねぎ味噌の焼きおにぎりの力、なめるんじゃないわよ」

こまりは錬之丞の背中を力強く叩いた。

「腹をくだしてないんだから緊張してないのよ！　思いきり腕をふるってきなさい！」

錬之丞はとたんに晴れやかな顔つきになった。

「承知した！」

「なんだ、また変なおなごが現れたぞ」

「めんどくせぇ。一網打尽にしちまいな！」

賊が一斉に襲いかかる。

だが錬之丞の動きは見ちがえたように俊敏だった。

人が変わったように一人また一人と賊をなぎ倒していく。

まるで本物の人斬りのようである。

「やるじゃないの」

こまりがしきりと感心していると賊の一人が背後から斬りかかってくる。

その賊を横っ飛びで蹴り倒したのはヤスだった。

「ぼけっとしてたら危ねぇだろうが、ブス！」

「なっ、ブスとはなによ！」

「死ねぇ！」

また一人、こまりに斬りかかってきた男を横から薙ぎ払ったのは白旗だ。

これまで姿は見せずともずっと影から二人を見守ってきた二人である。

白旗は、まるで羽虫でもふり払ったかのような涼しげな顔で刀を鞘におさめた。

「こ、殺したの……？」

こまりはとたんに怖気づいて、白旗を見上げた。

白旗はひょうひょうと告げた。

「なに。ただの峰打ちじゃ。やつらにはこれから余罪もたっぷりと吐いてもらわねばならんからな。殺すのはちとはやい」

斬り合いのなか、銕之丞がおどろきの声をあげた。

「白旗、なぜここに！」

「詳しく話している暇《いとま》はござらぬ。助太刀《すけだち》致す」

白旗は銕之丞と背をあわせ、ふたたび抜刀し、賊とむかいあう。

二人は阿吽《あうん》の呼吸で次々と襲いかかってくる賊をうち破っていく。

騒ぎを聞きつけて、松添屋でも灯りがともる。

ぞくぞくと大勢の足音と提灯の群れが近づいてきた。

「火盗改メである！　神妙に縄につけ！」

「なに！　火盗改メだと！　助けを呼んだおぼえはないぞ！」

銕之丞は賊よりも先に悲鳴のような声をあげた。

「あほうが。拙者が呼んだに決まっておる。命あっての物種じゃ」

白旗が仏頂面で叱り飛ばす。

火付盗賊改の登場で始末はついたも同然だった。

賊の一味はことごとく捕縛され、押しこみ騒動は一件落着と思われたが。

「お絹！　お絹がどこにもおらんぞ！」

松添屋の親父が駆けつけ、卒倒しそうになって叫んだ。

銕之丞はお縄となった顔ぶれを見て息を呑む。

「しまった。手代もおらぬ。あの悪党、まさか娘をかどわかしたか。どこに逃げたのじゃ」

「そういや、姐さんもいねえな」

銕之丞とヤスは、はたと顔を見合わせた。

こまりはどさくさにまぎれて屋敷に入りこんでいた。

大きな商家だけあって広い屋敷のなかは品のよい調度品がならんでおり、まるで大名屋敷のようである。

長い廊下は掃除がいきとどいており、塵《ちり》ひとつ落ちていなかった。

こまりははばかりもなく、ものめずらしさにきょろきょろとおちつきなくあたりを見まわした。

酒が入っていることもあって気も大きくなっている。

「もう大丈夫だからね。火盗改メも駆けつけたことだし、なにも心配いらないわ」

お絹の手をひいて、こまりはやさしくささやいた。

一歩うしろをおぼつかない足どりで歩くお絹の手はずっと小刻みにふるえている。

「本当におそろしかった。まさか末吉が父を裏切っていたなんて……」

お絹は今にも消えいりそうな声をこぼした。

「助けていただいてなんとお礼を言ったらいいか……」

こまりはにんまりと笑った。その言葉を待っていたのだ。

「そのお礼なんだけどね。じつは押しこみ強盗のやつら、金子のほかにも狙っていたものがあるのよ」

「金子のほかにも？　なにかしら」

　お絹はふしぎそうにきょとんとする。

「径山寺味噌よ。清国でつくられた幻の味噌なの。知らない？」

　こまりはずいっと顔を近づけて訊いた。

　お絹はすこし考えて、小首をかしげた。

「径山寺味噌があるかはわかりませんが父は食道楽で、自分が大切にしている食べ物はすべて地下の穴蔵に隠しています」

「まぁ、ぜひ拝見したいわ。今すぐ連れていってくれないかしら」

　こまりが遠慮なく急かすと、お絹は紙のような顔色をさらに白くさせてたじろいだ。

「そんな。おそろしくないのですか？　ひょっとしたら賊が穴蔵にも逃げこんでいるかもしれないし……」

「大丈夫。あたしが守ってあげるから。こう見えても、子供のころはよく箒を刀代わりにふりまわして遊んでいたのよ」

「はぁ……」

　こまりは得意げに胸を張ったが、お絹はこころもとなさげである。

　だが、こまりは銕之丞の剣豪節が移って大胆不敵であった。

「あら、これなんかいい武器になりそうだわ」

こまりは壁にたてかけてあった箒を手にとった。

「賊は火盗改メが一網打尽にしたんだから。大丈夫、大丈夫」

こまりは不安がるお絹を言葉巧みになだめすかし、ひきずるようにして穴蔵へむかった。

穴蔵は屋敷とつながっており、床下の隠し戸が入口となっていた。

足を踏みいれれば真っ暗でかび臭く、ひんやりと涼しかった。

階段の手すりをつかんで穴蔵のなかに降りる。

こまりはなにかやわらかなものに足をひっかけて、前のめりに転んだ。

お絹が小さな悲鳴をあげる。

提灯の明かりが仰向けに倒れた手代の蒼白な顔を照らしていた。

かすかに人の気配と物音がする。

暗闇のなかで喉奥で陰鬱《いんうつ》に嘲笑う声が響いた。

「ククク……」

「誰かいるの？」

こまりは提灯をかざして、誰何の声をあげた。

「誰なの」

こまりは声のほうへ提灯をむけた。

「おまえは！」

暗闇からうっすらと浮かびあがったのは、白髪の下に般若の鬼面を被った六尺の大男。

忘れもしない大酒呑み大会で、こまりの戦利品であった銘酒をかっさらっていった奸《かん》賊《ぞく》であった。

「妖盗野槌！　どうしてこんなところに！」

こまりは絶句した。

賊の狙いは押し入りの罪を野槌になすりつけることであったはずだ。

なのに、なぜ本物の野槌が松添屋にいるのか。

「末吉は野槌とまでつながっていたの？」

こまりは愕然としてつぶやいた。

「末吉？　いったい誰のことじゃ？」

野槌は低い声で首をひねる。

あっけらかんとした声音とは裏腹に、血の気のかよわぬ真白い野槌の鬼面がこの世のものではない妖かしのようだった。

野槌は抱きかかえた味噌壺《つぼ》に頬ずりしながら、うっとりと陶酔の声をもらした。

「我は求めり。我が飢えと渇きを満たす究極の食材を。あぁ、腹が減った。空腹で狂い死にそうじゃ」

「どうして穴蔵にいるの。屋敷の外の蔵には千両箱がうなるほどあるのに」

こまりの声がふるえた。

虚勢を張っても野槌の得体の知れぬ不気味さに気圧される。

「愚問だな」

野槌はあきれ果てるように嘲笑う。

「究極の美食があれば我はどこにでも現れる。径山寺味噌は我がいただいていくぞ」

鬼面にあいた両目の小さな穴からのぞく昏い瞳は、人の温もりをまったく感じぬ残忍で冷酷なものだった。

おのれの欲望のために、人を傷つけることにまったくためらいがない。

野槌は良心が生まれながらに欠落しているように感じた。

こまりはぞくりと背筋を凍らせた。

「あの男のようにのされたくなくばそこをどけ」

邪魔だてすれば、野槌は赤子の手をひねるようにこまりを叩きのめすだろう。

本能が逃げよとなんども警鐘を鳴らしている。
だが、こまりは逃げなかった。
こまりの命知らずの負けん気の強さが邪魔をした。
「いやよ。径山寺味噌をかえしなさい！」
こまりは箒をふりあげて、野槌に威勢よく襲いかかった。
だが、野槌は機敏に身をひるがえす。
ふりあげた箒の矛先が天井にぶちあたる。
せまい穴蔵は十分に箒をふるう高さがなかった。
「しまった！」
容赦のない重い蹴りがこまりを襲う。
こまりはふき飛び壁に激突した。土埃が舞う。
野槌は舌なめずりをしてお絹のほうへむかう。
お絹は恐怖のあまり悲鳴すらでずたちすくんだまま動けない。
「やめて！　逃げて！」
こまりは絶叫した。
お絹をつれてこなければよかった。

後悔の念ばかりがぐるぐると頭のなかを駆けめぐった。
「娘。邪魔だ。そこをどけ」
冷たい低い声が穴蔵のなかに響く。
だが、お絹は首をいやいやとふるばかりだ。
野槌はしびれを切らし、強靭な刃で襲いかかった──その刹那。
第三者の小太刀が野槌を襲った。
野槌はすばやく宙を舞ってよけた。
鬼面に小さな亀裂が入った。
地割れのように亀裂はすこしずつ大きくなっていく。
やがて破片がこぼれ落ちる。
提灯の明かりに照らされ、ぼうっと野槌の片顔が浮かびあがった。
こまりは目を奪われた。
稲妻に打たれたかのような衝撃が全身を駆け抜ける。
「ここであったが百年目だ。その首、いただくぞ」
お絹を背に守るようにたちはだかったのは銕之丞であった。
どこか頼りない面影はもはやどこにもない。

盗賊と斬り結び互角に渡りあった経験と自信が、はやくも銕之丞のなかで根を張っている。

銕之丞の瞳は爛々《らんらん》として熱く、息が荒い。

飢えた獣のように、もっともっと強者との戦いを望んでいる。

剣客として、さらなる高みへ昇りつめたい。

銕之丞の士気は激しく燃えていた。

一方で、野槌は余計な邪魔が入り、不機嫌な仏頂面であった。

「火盗改メのひよっこか。生憎だがこんなせまい場所で貴様とやりあう趣味はない」

野槌は冷淡にこたえ、こまりを銕之丞のほうへむかって蹴り飛ばした。

「ぎゃっ」

こまりの喉から思わず踏みつぶされた蛙のような声がでた。

銕之丞は慌てて、こまりを抱きとめる。

野槌はその一瞬の隙をついて、穴蔵の外へ飛びだしていった。

「逃げるのか、野槌!」

銕之丞は激高した。

「まぁ、そう死に急ぐな。いずれまた会うさ。江戸に美食があるかぎりな……、ククク」

野槌の姿は消えさり、嘲弄だけが闇夜に響きわたった。

こまりは腰が抜けてへたりこみ、いつまでもたちあがれずにいた。

「おい、どうした。打ちどころが悪かったか。どこか怪我したか？　痛むか？」

銕之丞が心配そうにこまりの顔をのぞきこむ。

「違う……」

茫然と胸をおさえて、こまりは小さくつぶやいた。

身体はどこも痛くないのに言葉にならなかった。

頭のなかがぐちゃぐちゃで混乱していた。

胸が苦しい。もう二度ととりだすまいとこころの奥底に沈めて埋めた秘密の箱をむりやりこじ開けられたような苦しみだった。

「姐さん！　大丈夫か」

ヤスが階段を駆けおりてくる。

「似ていたの……、あの人だわ……」

こまりは錯乱し髪をふり乱しながらヤスにしがみつく。

「どうしちまったんだよ、姐さん。あの人って誰でぇ」

こまりは強く頭をふった。

「宗右衛門《そうえもん》様のはずがない……、宗右衛門様のはずがないのに……」

忘れ去ったはずの感情が濁流のように押し寄せて、こまりをのみこんだ。

こまりがはじめて祝言をあげたのは、天明三年（一七八三）の年が明けたばかりのころだった。

相手は農家の長男宗右衛門であった。

たった一度の見合いで決められた結婚だったが、こまりはとても満足していた。

見合いの席ではじめてみた宗右衛門は長身の大柄でしかめ面のまま、ろくに笑いもしなかった。

だが一緒に暮らしはじめてすぐ、見合いの席の仏頂面は照れ隠しであったと気がついた。

宗右衛門は口数は少ないが慣れてみれば、やさしく穏やかな青年であった。

村の者たちも宗右衛門を尊敬し、頼っていた。

宗右衛門もまた困っている者を見捨てることのできぬ損な性分で、貧乏くじをひくところも多かった。こまりはそんな宗右衛門が好きだった。

祖父が死ぬ間際にとり決めた縁談であったが祖父の目に狂いはなかったと感心すらしていた。

結婚生活には満足していた。

義母も義父もこまりを働き者だと褒めてくれた。

なによりやわらかな宗右衛門の人柄にどんどん惹かれていった。

だが、米作りは過酷だった。

長雨と冷夏がつづき、稲はやせ細り、ちっとも育たない。

田んぼでは水毬屋の酒の原料となる米も育てていた。

豊作の年はいい酒ができる。

子供のころからの夢であった酒蔵は継げなかったけれど、米作りは遠くで水毬屋とつながっている。そう思えば過酷な農作業も苦ではなかった。

水毬屋の力になればと米作りに精をだせばだすほど、嘲笑うかのように雨は降りつづけた。夏日らしい暖かい日ざしは一度も訪れないまま秋になった。

「また雨か……」

窓の外をながめながら、こまりは陰鬱な気分でうつむいた。

最後にお天道様を見たのがいつだったかとんと思いだせなくなっていた。

ぐぅと腹が鳴り、なだめるようになでた。

こまりは朝からなにも口にしていなかった。

どこも長びく不作で年貢はきつく、物価はあがるばかりだ。

みな飢え苦しんでいる。

このところ宗右衛門も難しい顔をして外出することが増えた。

今日もまた朝からまる一日、どこかへでかけている。

「もどったよ」

宗右衛門の顔色は白く、どこか元気がなかった。

それでも暗い顔は見せまいとこまりは無理に笑顔をつくって夫を出迎えた。

「おかえりなさい。ご飯できてますよ。ほんのちょっとで申し訳ないのですが」

食事は大根の葉がうっすらと浮いた味噌汁だった。

ほんのすこしだけ米つぶが入っている。

こまりでも全然たりないのだから、身体の大きい宗右衛門の腹が満たせるとはとても思えない。それでも口にするものがあるだけ、まだ幸せだ。

浅間山では大きな噴火があり、多くの人たちが死んだという。

白河にも灰が降った。江戸ですら灰が積もったと聞く。

奥州では飢饉がひどく、馬や牛などの家畜までも喰いつくしたという。

木の皮や根をかじって糊口《ここう》をしのぐも足らず、飢えて死ぬ者も多いと聞く。

「どうかしたのですか？」

宗右衛門は濡れた笠と蓑を脱ぐこともせず、ぼうっとたちつくしたままだった。

首をかしげて近寄ると突然、抱きすくめられた。

「宗右衛門様……？」

しめった雨と泥のにおいがした。

静寂のなか激しい雨音だけが響いていた。

遠くで雷鳴がとどろく。

宗右衛門は静かに告げた。

「明日には家をでて里へ帰りなさい」

こまりは耳を疑った。

「どういうことですか？」

「離縁する。今日から俺とおまえは赤の他人だ」

青天の霹靂《へきれき》で、こまりはたじろいだ。

「嫌です。悪い冗談はよしてください」

「冗談などではない。本気だ」

宗右衛門はそっと目を伏せ、口を閉ざした。

こまりは慌てて、すがりついた。

「なぜですか。あたしの料理が口にあわなかったのですか。働きがたりませんでしたか。あたしが女らしくないからですか。大酒呑みだからですか……」

「これを見ろ」

宗右衛門はふところから一枚の紙をとりだして、床に叩きつけた。

「これは……」

「傘連判状だ」

宗右衛門は眉をよせて、難しい顔をした。

「強訴《ごうそ》することとなった」

こまりは息を呑んだ。

「このところずっとでかけていたのは村の者たちと強訴の相談をしていたのですね……」

「長びく不作だが年貢は苦しくなるばかり。このままではここら一帯の農民は冬を越せず、飢えて死ぬしかない」

「だからといって、どうしてあたしが離縁されねばならぬのですか」

こまりはふるえた声で訊いた。

「あたしも側においてください。ご飯が食べられなくともみなと一緒に我慢しますから。飢えて死んでもかまいませんから」

「連判状がなぜこのような傘の形になっているかわかるか」

宗右衛門は、こまりの目尻に浮かんだ涙をそっと太い指先でぬぐった。

こまりは小さく頭をふった。

「首謀者が誰かわからなくするためだ。順番に名前が書かれていれば一番最初に名前を書いた者が首謀者とみなされてしまう」

「なら宗右衛門様が首謀者ともわからぬではありませんか」

「だが、誰も責めをうけなくていいというわけではない。誰かが責任をとらなければならぬ」

宗右衛門は声を押し殺した。

「強訴がうけいれられれば年貢は軽減される。だが、俺は首謀者として磔《はりつけ》にされるだろう」

こまりは唖然とした。

「お上にたてつくには犠牲がいる。その代価は俺の命じゃ」

宗右衛門は柔和な笑みを浮かべて、こまりの頬をそっとなでた。

「おぬしはまだ若い。まだ嫁いで一年もたっておらぬ。可愛いおまえを巻きこみたくない。おまえの実家もだ」

「嫌です。離縁しないでください。ずっとここにおいてください！」

こまりは、泣きついて懇願した。

「水毬屋がとりつぶしになってもよいのか」

宗右衛門に一喝され、こまりは言葉を失った。

「祖父の造る酒が大好きだといっていたな」

宗右衛門はこまりの手をとった。

あかぎれだらけの手はとても温かかった。

「宗右衛門様とこれからも一緒に稲を育てたいのです。それが水毬屋のためにもなります」

こまりは泣きじゃくりながら必死に訴えた。

だが、宗右衛門は困った顔をするばかりで、けっして首を縦にふろうとはしなかった。

「今日、食べる米もないのだ。酒造りにまわす米などない。お上からも酒造禁止令がでている。酒造りはしばらくご法度だ。どのみち酒は造れん」

「そんな。酒を造ってはいけないなんて……」

物価はあがる一方であるというのに商売ができなくなったら水毬屋はどうなってしまうのか。祖父や父や母の面影が脳裏に浮かんだ。

「耐えろ。いつか飢饉が過ぎ去り、みなが笑顔で酒を味わえる日がくるまで。どんなに苦しくても生き抜くのだ」

宗右衛門はこまりの両肩をゆすって、強いまなざしで射抜いた。

「水毬屋を守れ」

「もし、もし……、宗右衛門様が生き抜いたら迎えに来てくれますか」

こまりは宗右衛門にすがりついた。

「あたし、待ちます。何年だって待つわ。しわだらけになって腰がまがって、おばあさんになってもずっと宗右衛門様を待ちます」

宗右衛門はこまりの口を強く吸った。

「みなが笑いあって酒が飲める世が来たら必ず迎えにゆく。その時は一緒に居酒屋でもやるか。水毬屋の酒をみんなにふるまおうじゃないか」

そういって、宗右衛門はやさしいまなざしで笑った。

それが宗右衛門と過ごした最後の夜となった。

嫁いでからわずかの出来事だった。


強盗騒動もおちついた後日。

小毬屋はいつになく大繁盛していた。

御前試合も無事に終わり、今宵は久々に銕之丞と白旗が顔をみせた。

それもぞろぞろと大勢の仲間を連れてきたものだから銕之丞一派だけで店は満員御礼のどんちゃん騒ぎであった。

「お待たせしました。焼き味噌です！」

こまりは声を張りあげて、銕之丞と白旗の前に皿をおいた。

あまりにも店内の喧噪が騒がしいため、大声をださないと声が届かない。

銕之丞と白旗は、焼き味噌の香ばしさに鼻をひくつかせた。

白旗の膝のうえを陣取っていたひじきも、顔をあげて髭をゆらしている。

すっかり白旗の膝が気に入ったようだ。

「待ってました！　すっかり味噌の虜になっておりまして。されど、この味噌はこの前のしそ味噌とも違うようじゃ」

白旗は興味深そうに焼き味噌をのぞきこむ。

「ねぎ味噌の焼きおにぎりを酒の肴に変えてみました」

木べらの表面にねぎ味噌をたっぷりとぬりつけて豪快に火で炙ったのである。

表面にこんがりとついた焦げ目がぱりっとして、食感のちがいも楽しめる。

白旗はさっそく箸を手にとり、焼き味噌の焦げ目をほじくった。

味噌をなめ、ゆっくりと味わうように酒を呑む。

白旗は鼻から息をゆっくりと吐きだしながら幸福そうに眼をとろませた。

「ぴりっとした辛味が絶妙ですな。味噌の甘味をよりいっそう、きわだたせている。いくらでも酒がすすみそうだ」

「今回はお酒に合うように唐辛子を多めにしてみたの」

「にぎり飯もよかったが酒の肴にしてもたまらんな」

錬之丞もあとにつづいて舌鼓を打っている。

「そうでしょう？　でも焼き味噌だけでねばられたら商売あがったりだわ。違う料理もどんどん頼んでくださいね」

こまりは、ほがらかな二人の様子にほっとした。

銕之丞の顔つきは明るく、まるで憑き物が落ちたようだ。

今宵はやけ酒ではなさそうである。

「その様子だと御前試合もいい結果になったみたいね。たくさん仲間を連れてきてくれたし、今日が祝賀会なのかしら？」

こまりは気になっていた話題をきりだした。

「前もって言ってくれたら、もっと豪華な料理を用意したのに」

銕之丞一派の来店が突然だったため、盛大な祝賀会というよりはいつも通りのおもてなしになってしまった。

「いや、御前試合には負けたのじゃ」

銕之丞は、晴れやかな顔であっけらかんとしている。

「いやあ、じつにおしかった。女将さんにもみせたかったなぁ」

いつも冷静沈着な白旗がめずらしく熱弁をふるう。

「手に汗にぎる熱戦だったみたいね」

「あと一歩というところで面をとられましてね。されど、どちらが勝ってもおかしくない接戦でござった」

白旗は手酌でちょこに酒をつぎたす。

「相手も一刀流の手練れだ。やはりそう簡単には勝たせてくれぬな」

鋏之丞も味噌をなめながら相槌をはさむ。

いつの間にか焼き味噌は減り、ほとんどなくなっていた。

もう一口がとまらないようだ。

「残念でしたね。負けてしまって」

こまりがいたわると鋏之丞は照れくさそうにうっすらと頬を染めて、そっぽをむいた。

「実力で負けたのじゃ。悔いはない。研鑽《けんさん》を重ねて次は勝つ」

「その意気ですよ。緊張で腹をくだすこともなかったようだし、次はきっと勝てるわ」

こまりが励ますと、鋏之丞は真剣な顔つきでこまりにむきなおった。

「礼を言わせてくれ。試合には負けたが、俺は剣客としての階段をひとつ上に登れた」

鋏之丞はおのれの手のひらに視線を落とし、喰いいるようにみつめた。

「まったく緊張はしなかった。相手の太刀筋もよくみえていた。あんなにはっきりと太刀筋が読めたのははじめてじゃった。俺は剣士として、もっと強くなれると確信できた。そんな試合だった。こまり殿のおにぎりのおかげだ」

「ちょっと背中を押す、お手伝いをしただけです」

こまりはなんだか照れくさくなって、頬をかいた。

「おやおや。太刀筋が読めていたのに負けたのですか」

白旗があきれた様子で酒をなめる。

だが銕之丞は大真面目だった。

「身体が動きすぎたのじゃ。おのれの身体ではないようだった。いつも緊張していたゆえ、こんなに思い通りに動きまわれるのははじめてのことでとまどった。その一瞬をつかれた。されど次は必ず勝つ」

銕之丞はこぶしを強くにぎった。

「まぁ、そんなわけで祝賀会はしばしおあずけとなってしまいました。されど小毬屋にはお世話になったので、こうして組の朋輩《ほうばい》を連れてきたわけです」

「組？　剣術道場のお仲間ではないのですか」

銕之丞の連れてきた仲間は、どれもいかつい屈強な男たちばかりだったので、すっかり剣術道場の仲間だとばかり思いこんでいたのだが。

「いえ、つとめ先の仲間たちですよ」

白旗はしらじらと告げた。

「でも試合に負けてしまってお父上は大丈夫だったのですか？　たしかとてもおそろし

いお父上だとか」

こまりは心配になってたずねた。

この前は幻滅され廃嫡されたらどうしようとおびえ、酔いつぶれていたではないか。

ところがとたんに白旗は大声で笑いだした。

「なにがおかしいのですか」

「いや、失敬。御前試合に負けたくらい屁の河童でござる。それもこれもすべて、こまり殿のおかげじゃ」

「え、あたしの？」

こまりは寝耳に水だ。

「なんといっても鋏之丞は大手柄をあげましたからね。ひょうたんから駒がでなければどうなっていたか」

こまりは意味がわからず、きょとんとする。

白旗がこたえを教えてくれた。

「強盗一味の捕縛ですよ。あの一味、何年も盗賊改メが追っていた強盗団でね。鋏之丞が大捕り物したってんで、盗賊改メの連中は若君がお手柄だって大騒ぎですよ」

「若君？」

こまりは思わず銕之丞の顔をまじまじとながめた。

由緒ある家柄の子息なのだろうと勘ぐってはいたが……。

破天荒な銕之丞に若君ほど不釣りあいな言葉はない。

「おや、知らなかったのですか？」

白旗はなに食わぬ顔で銕之丞の肩を叩いた。

銕之丞はつまらなそうにそっぽをむく。

「この人のお父上はね、泣く子も黙る鬼平ですよ。鬼の長谷川平蔵」

「ええ！」

「父上は父上。俺は俺だ」

銕之丞はこともなげにつぶやいた。

「じゃあ今日連れてきたお仲間たちってひょっとして……」

「ええ、盗賊改メの連中です」

白旗が酒をちびりとあおりながら涼しげに告げた。

その時、がしゃんと激しく物が割れる音がした。

「なんだ、貴様、やるのか？」

「おお、やってやろうじゃねぇか！　どっちの腕っぷしが強いか今日こそ勝負してやるよ！」

「てめえなんざ、この前、賊をとりにがしたじゃねぇか。俺のほうが強いに決まってらぁ！」

酔っぱらった盗賊改メの連中がげらげら笑いながら暴れ、とっくりやら皿やらを壁に投げつけながら大たちまわりをはじめたではないか。

体術を決めたせいで、男が一人ぶんなげられ、壁に大きな穴があいた。

「ちょっと！　なによ、これ！」

こまりは悲鳴をあげた。このままでは利益があがるどころか店が粉々に破壊されてしまう。

「まぁ、こんな感じでいつも酔うと喧嘩になって暴れ店を破壊する故、我らには行き場がござらんでな。こまり殿が快く招待してくれたおかげで、久々に楽しい宴を堪能しておる」

鋏之丞が愉快そうに呵々《かか》大笑する。

「いやいやいや、うちも出禁にします！　店が壊れる前にでてってって！」

こまりは大慌てで叫んだ。

だが、鋏之丞はしたたかに酔っているのか熱いまなざしをこまりにむけるばかりで、人の話をまるで聞いていなかった。

「そんなことよりも大事な話がある。妖盗野槌、次は必ず捕まえる……。だから、こまり殿も元気をだされよ」

銕之丞は赤ら顔で気恥ずかしそうに告げた。

こまりは、はっとした。

なぐさめているつもりがなぐさめられていた。

こまりが時折、思いつめた顔をしていたことを見抜かれていたのだ。

「穴蔵は暗かったし、顔も片面しかみておらぬ。きっと他人の空似じゃ。こまり殿の元旦那であるはずがない」

「ありがとう。そうよね。きっと見まちがえたんだわ」

「それに径山寺味噌などという怪しげな味噌より、この店の焼き味噌のほうがずっと魅力がある」

銕之丞は鼻息荒く、焼き味噌をなめた。

こまりは微笑を浮かべた。

宗右衛門のことでぐるぐると悩んでもしかたがない。

捕まえればいいのだ。たしかめればいい。他人の空似であったと。

宗右衛門はやさしい人だった。

おのれの欲望のために盗みを働き、人を傷つけるような悪人ではなかった。

それに宗右衛門が生きているはずがない。

宗右衛門は死んだのだ。

もし生きながらえたならば必ず自分を迎えにきたはずだ。

「……約束したもの。誰もが笑って酒を飲める時がきたら迎えにくるって」

盗賊などになりさがるはずがない。

こまりは強く胸に誓った。

——銕之丞よりも火盗改メよりも誰よりもはやく、この手で野槌を捕まえよう。たしかめるんだ。あの賊が宗右衛門様であるはずがないと。

その時、また障子戸がばきばきと割れる音が店内に響きわたった。

泥酔した盗賊改メの連中がとっくみあいの喧嘩をして激しく暴れているのである。

「いい加減、早くでていって！　盗賊改メは出禁よっ！」

こまりの絶叫が店内に響き渡った。

第三献　裏葉柳の蜃気楼

夏も終わりかけた晩夏の頃合いであった。

「暇だわぁ……」

こまりは頬づえをついてぼやいた。

今宵の小毬屋は、隙間風が吹きこむとともに閑古鳥《かんこどり》が鳴いている。

栄蔵から店をひきつぎ小毬屋と看板が変わってから、店は順調に繁盛していたはずだった。

だが、ある日を境に突然ぱたりと客足がとだえてしまった。

わけもわからぬのだから、こまりはしきりと首をひねるばかりである。

「お酒も料理も絶品なのに、どうして急にお客がこなくなったのかしら。由々しきことよ」

「姐さんのずぼらかげんにみんな愛想をつかしたんだろうよ」

ヤスも暇をもてあまして、厨房から難癖をつけてくる。

「懇切丁寧におもてなししてますから！」

「おや、知らなかったのですか。近所に新しい小料理屋ができたんですよ」

本日の唯一の客、僧侶の玄哲《げんてつ》が口をはさんだ。

つるりと頭をまるめた生臭坊主はなにがそんなに気にいったのか、毎晩欠かさず一杯ひっかけにやってくる。

玄哲の膝のうえではひじきがまるまって小さな寝息をたてていた。

すっかりなついて特等席となっている。

「新しい店ですって？」

こまりは聞き捨てならぬ言葉に眉をつりあげた。

「そりゃあもう、女将さんがべっぴんだと大層評判でね。若くて艶があって色っぽいとか」

「悪かったわね、若くも艶もなくて」

こまりはぷいっとそっぽをむく。なんともおもしろくない話だった。

料理や酒の味で劣るのならばより努力を重ねて巻きかえせばいい。だが女将の器量の良し悪しで客を奪われてしまったら、どうやってとりもどせばいいのか。

「性根までひねくれているとさらに客に逃げられるぞ」

ヤスがあきれて毒を吐く。

「なんですって！」

「まぁまぁ、おちついて。ほとぼりが冷めれば客足ももどってきますよ。美人は三日で飽きるといいますし」

「飽きない顔で悪かったわね」

こまりがぶすっと顔をしかめたので、玄哲は慌ててとりつくろうように小鉢を手にとった。

「そのうち小毬屋の味も恋しくなるはずです。この納豆の和えものなど絶品ですよ」

納豆はとろろにも似た白い繊維がからまりあっている。

玄哲は小鉢から納豆をひとすくいして頬ばった。

酒をちびりと呑み、相好をくずす。

「ふんわりとやわらかい粘り気があって、それでいてさっぱりとしてしつこくない。酒との相性も抜群です。いったいなにが和えてあるのですか？」

「おぼろ昆布だ。めずらしいもんが手に入ったって行商人が売りにきたんだよ。なんでも蝦夷《えぞ》の昆布を加工して北前船で運んできたものらしい」

ヤスは得意げに胸を張った。玄哲は舌鼓をうちながら感嘆の声をもらす。

「ほぅ。蝦夷の昆布ですか。白い昆布とはめずらしいですな。やはり今夜も小毬屋をえらんであたりでしたよ。おかわりいただけますか？」

「あいよっ」

こまりはすっかりからになった小鉢をうけとった。

「ねばねばなのにあっさりして食べやすいでしょう。夏の暑さに疲れた身体にちょうどいいと思って用意してみたの」

玄哲の健啖《けんたん》ぶりに、こまりは苛だった気持ちがすこしずつやわらいでいくのを感じた。どんな苦労もうれしそうに料理を頬ばる姿を見るとふき飛んでいく。

しかし、どうして玄哲は小毬屋ばかりをひいきにしてくれるのだろうか。

こまりはふしぎに思って小首をかしげた。

玄哲は白河屋のころから常連だったわけではない。

小毬屋になってから一晩も欠かさず足しげく通ってくれるようになった。

こまりに気があるのではなかろうか。

「玄哲和尚は新しい店にいかなくても平気なの？」

こまりはしなをつくって玄哲につめよった。

一人くらいは新しい店の若女将よりこまりのほうが美人だともちあげてくれてもいいではないか。

だが、こまりの心情を見越してかヤスはにやにやと意地の悪い笑みを浮かべた。

「もの好きな野郎だな。さてはおまえ、衆道だな？　坊主には多いんだろう？」

衆道とは男色のことである。

こまりはぎくりとした。美人女将に負け、さらに男にも負けるのか。

「いえ、拙僧は女人が大好きです」

玄哲は大真面目な顔で首を横にふった。

ちびりとなめるように酒を呑み、ひじきの背中をなでる。

「ただ美人は見なれておりますゆえ。今朝もとびきりの美女と対面したばかりでしてな」

「なに。さては吉原にでもしけこみやがったな？」

ヤスが鼻のしたをのばした。

「いえ、むこうからやってきてくれました」

「足抜けってこと？　みつかったらただじゃすまないわよ！」

こまりは仰天して声をあげた。

足抜けとは遊郭からの脱走を意味する。

みつかれば、遊女にはひどい折檻《せっかん》が待っている。

たえきれず、命を落とす遊女も多いと聞くが。

「平気です。放免されて、拙僧のもとへやってきたのですよ。なにせ死体ですからね」

玄哲はまるで天気の話でもするようにかろやかに告げて、肩をゆすって笑った。

こまりとヤスは度肝をぬかれた。

「死体ですって？」

「おや、話しておりませんでしたかな。うちの寺は投げこみ寺でござってな。よく身寄りのない遊女や旅人の亡骸が投げこまれるのです」

玄哲にとって、無縁仏との出会いは日常茶飯事なのであろう。

玄哲の語り口はまったく湿っぽさがない。

むしろ干物のようにからりと乾ききってどこまでも淡々としている。

玄哲は遠い目をして酒を口にふくんだ。

「美人の顔を見るとつい無念な死顔を思いだして気が休まらぬ。酒を呑む時くらいは心穏やかに楽しみたいものでして」

つまりは毎晩美人の顔を見なくてすむというのが小毬屋に通いつめている理由だったわけだ。

「こりゃ傑作だ！　おかめ顔もたまには人様の役にたつってもんだな」

ヤスは腹を抱えて大笑いしている。笑いすぎて、目尻にうっすらと涙がにじんでいるほどだ。

「ああ、もう！　こんな客しかこない！　もう男なんてうんざりするわ」

こまりは悔しさに歯嚙みして地団駄を踏んだ。

どうして、こうも男は美人に弱いのか。女の良し悪しは生まれもった顔ひとつで決まってしまうのか。大事なのは中身ではないのか。飲み屋の良し悪しは味で決するべきだ。

悔しいやら情けないやら、こまりは男という生き物にがっかりした。

「そうだわ。小毬屋にたりないのは若い娘よ」

こまりははっとひらめき、ぽんと両手を叩いた。

「なんだ。若い看板娘でも雇おうってのか」

ヤスが目尻の涙をぬぐいながらたずねた。

「違うわよ。若い娘に常連客になってもらうの。お客が若い娘だったら美人になびいたりしないでしょう？」

「そりゃあ、おもしろい。小毬屋が若い娘であふれかえったら、くらがえした男衆ももどってくるかもしれませんな」

玄哲は愉快そうに酒をあおる。

すこし酔いはじめているのかほんのりと頬が赤い。

だが、こまりの思いつきにヤスはあきれ顔である。

「だんご屋じゃあるまいし。若い娘が一杯ひっかけにくるわけねぇだろうが」

「若い娘が好む献立を増やしましょう。甘いお酒だったらきっとよろこぶわ」

「ほう。甘い酒といえば甘酒ですか」

「甘酒もいいけどお酒に梅や桃を漬けておくととっても甘くなるの。昔よくおじいちゃんがつくってくれて大好きだったわ」

「ほぅ。して、肴は？」

「そうねぇ。塩や味噌でもなめていれば、あたしはとっても幸せなんだけど」

「そんな戦国武将みたいな舌の若い娘がいるか」

ヤスが、あきれ果ててつっこみをいれた。

「そうよねぇ。どんな肴だったら若い娘に人気がでるかしら」

こまりは腕をくんで小首をかしげた。

「あたし、おじいちゃんっ子だったから。舌は祖父ゆずりなの。若い娘が好きな味がわからないわ」

舌には深い自信があるもののそれは祖父に鍛えられたものだ。

ゆえに、こまりは自分の舌が親父臭いことを充分に熟知していた。

だんごやしるこなどの甘味は好きだが酒の肴となればまた別である。

若い娘はどういった肴を好むのか。さっぱり見当もつかない。

「それなら若い娘に聞いてみるのが一番ですよ」

玄哲が菩薩のようにほほえむ。

「どうやって。若い娘の知りあいなんて一人もいないわよ」

こまりは頬をふくらませた。

「それなら若い娘があつまる場所へいってみては？」

「若い娘のあつまる場所？　それってどこ？」

「おまえは女のくせになんでそんなに女のことがわからねぇんだ？」

ヤスの顔はあきれ顔を通りこして、哀れみさえ浮かんでいる。

「しかたないじゃないの！　子供のころは男の子にまじって、侍ごっこばかりしてたんだから！」

こまりの遊び仲間は男の子ばかりで、女の子はちっともいなかったのである。

「まぁまぁ。芝居小屋にいってみてはいかがですか？」

今にも口喧嘩をはじめそうな二人を見かねて、玄哲がさりげなく助け舟をだす。

「芝居小屋？　若い娘は芝居なんてもんが好きなの？」

こまりはきょとんとした。芝居小屋など一度も足を運んだことがない。

「こまり殿は芝居には興味はありませんか？」

「だって芝居なんてみてもちっとも腹はふくれないじゃないの」

こまりが断言すると玄哲は困ったような苦笑を浮かべた。

「市川隼之助《はやのすけ》という役者が若い娘に大人気だそうですよ。たいそうな二枚目だそうで」

「ケッ。どうせスカしたろくなやつじゃねぇだろうぜ」

ヤスが一刀両断し、吐き捨てる。

こまりはあきれた。

「美女には甘いくせに、美男には冷たいのね。器の小さな男だわ」

「おう。俺ァ、器の小さな男で結構だよ」

「近ごろでは義経千本桜の演目が人気だとか。隼之助の演じる義経の色気に若い娘たちはしびれっぱなしだそうですよ」

「へぇ。チャンバラをする場面もあるのかしら？」

こまりは芝居への興味がふつふつと沸いてきていた。

江戸中の若い娘が夢中になる千両役者とはどんな男であろうか。

「おもしろいからくりがあって、突然、役者が舞台から消えたり飛びだしたりするそうですよ。それはもう鞍馬天狗のようだとか」

「からくりの舞台ですって？　なかなか見ごたえがありそうね」

こまりは目を輝かせた。

芝居がどんなものかとたんに気になってくる。

こまりは想像するだけでわくわくしてきた。

「ヤス。明日、さっそく芝居小屋へいくわよ！」

こまりは嬉々として声を張りあげた。

「へいへい。芝居見物もいいがちゃんと若い娘がよろこぶ献立も考えろよ」

「わかってるって」

こまりは一度いいだしたら、どんなに反対しても梃子《てこ》でも動かない。

ヤスは観念して頭をぼりぼりとかいた。


翌日は澄んだ青空がどこまでも広がる雲ひとつない快晴であった。

芝居小屋のある木挽町《こびき》にこまりとヤスはでかけた。

「すごい人気ね」

こまりは眼を見張った。

芝居小屋の前はたくさんの若い娘でごったがえしている。

娘たちのお目当ては市川座の座長であり、今をときめく抱かれたい男番付筆頭の市川隼之助だ。

芝居小屋の近くでは義経にふんした隼之助の錦絵を筆頭に、ずらりと役者絵が売られている。

娘たちは我先にとたがいを押しのけるようにして、こぞって錦絵を買い漁っていた。

ほかの役者絵もならんでいるが、やはり隼之助の人気が飛びぬけているようだった。

どの娘も隼之助の錦絵を手もとにながめながら、うっとりとしている。

今にも蕩けてしまいそうだ。

「これだけたくさんの若い娘がいるんだから一人くらい店の常連になってもおかしくないわよね」

こまりははやくも若い娘たちに声をかけたくて、うずうずしていた。

「ねぇ、あなた。お酒に興味ない？　よかったら今度うちの店に遊びにいらっしゃいよ」

こまりは若い娘の二人連れにさっそく声をかけた。

だが愛くるしい娘たちから浴びた視線はとても冷たいものだった。

「お酒？　大っ嫌い。うちの父ちゃんなんていつも酒臭いし、足臭いし。なにが美味しいのかさっぱりわからないわ」

「居酒屋なんて汚いおっさんばっかりじゃない。女一人でいくのはだめよって、母にとめられたわ」

こまりはけんもほろろにあしらわれ、あっという間に玉砕した。

「女って冷てぇ生き物だなぁ」

うしろでつきそっていたヤスも娘たちのあけすけなものいいに若干ひいている。

「まぁ、お酒が苦手な子もいるわよね。でもきっと好きな子もいるはずよ！」

こまりは気をとりなおして、手あたり次第娘たちに声をかけた。

「ねぇ、そこのあなた。お酒に興味ない？　水菓子をお酒に漬けるとね、すごく甘くなるの。とっても素敵だから一度呑みにこない？　甘酒もあるわよ」

「甘いものが食べたくなったら、だんご屋へいくからいいです」

「外でお酒なんて呑んだら、はしたないって叱られるわ」

どの娘もこまりの誘いを迷惑そうに断るばかりだ。

「だまされたと思って一回だけでも……」

こまりがめげずに勧誘をつづけると、娘たちはきつくにらみつけてくる。

「あたしたち、隼之助様を待っていて忙しいの。邪魔しないで、おばさん！」

「おばっ！　あたしはまだおばさんなんて呼ばれる年じゃないわ」

こまりが言いかえすとふんっとそっぽをむかれる。

こまりはうなだれるしかない。

「やっぱり若い女の客を増やそうってのは難しいんじゃねぇか。もとの客がもどってくるようによ、地道にがんばろうぜ」

ヤスが見るに見かねて、めずらしくなぐさめの言葉をかけてくる。

こまりはがっくりと肩を落とすばかりだ。

「うちにも隼之助みたいな二枚目の料理人がいれば……」

「悪かったなぁ、こちとら額に入れ墨の彫られた前科人でよ。俺だってどうせなら美人若女将の店で働きてぇもんだぜ」

ヤスの眉間にしわが刻まれる。

極悪な人相はとたんに凄みを増していく。

それだけでも若い女の子たちは怖れをなして逃げていくというものだ。

「そもそもヤスと二人連れだったのがまちがいだったのよ」

こまりはうまくいかないわけをヤスになすりつけた。

完全なやつあたりである。

「みんなが女衒《ぜげん》か人攫《ひとさら》いでも見るような目をするもの」

「せっかくつきそってやったっていうのに、ずいぶんな言いかたじゃねぇか。俺ァ、今すぐ帰ってもいいんだぜ」

二人の間に一触即発の険悪な空気が流れた。

その時であった。

黄色い歓声が一斉に響きわたった。

娘たちが一気に駆けだし、芝居小屋の裏口に殺到する。

「な、なに！」

こまりは集団の群れに飲みこまれた。

こまりはもみくちゃにされ悲鳴をあげる。

市川隼之助がでてきたのだ。

「隼之助様――っ、素敵――――っ」

「こっちをむいて――っ」

関取のような屈強な男たちが束となって、隼之助を守っている。

隼之助が妖艶な微笑を浮かべて手をふるとすさまじい熱狂の渦につつまれた。

隼之助と目があったと思いこみ、泣きだす者、絶叫する者、泡を噴いて卒倒する者までいる。

「ぐぇ」

こまりは人垣に押しつぶされて、蛙が馬に踏みつぶされたような声がでた。

「姐さん、こっちだ」

こまりはヤスに手をひかれ人垣の海をかき泳ぐようにして、なんとか人ごみを抜けだした。

「えらい目にあったな。大丈夫かい」

「押しつぶされて死ぬかと思ったわ」

こまりの息はすっかりあがっている。

「あれが江戸の抱かれたい男番付筆頭ってやつね？　ずいぶんとなよなよとした優男じゃないの」

狂乱した人の渦がこんなにも凶暴で、おそろしいとは。

「江戸の娘はあんな細腕の義経がいいの？　あたしでも倒せそうだわ」

こまりは遠目にちらりとみた隼之助の青白い顔を思いだして、首をひねった。

「乙女心って複雑怪奇ね」

隼之助はすらりと背が高い。頭が小さく手足がとても長かった。

だが胸板はとても薄そうだった。

隼之助の肌は雪のように白く透明で鼻梁は高く、鼻筋が通っている。

まるで女のようだ。

切れ長な目元は涼しげだがなにかを思いつめているような陰鬱な翳《かげ》があり、儚げだった。

「あんな男のどこがいいのかさっぱりわからないわ。腹でも壊してるみたいな顔じゃなかった？」

　こまりが毒づくとヤスはあきれた様子で聞きかえした。

「こまり姐さんの好みはどんな男なんでぇ」

「そりゃあ、もっとこう肩幅が広くてがっちりしてて、胸毛が濃くて、腕も丸太みたいに太くって、いかつくって、腕っぷしが強くて、羆《ひぐま》も倒せそうな大男がいいわ。もういっそ羆でいいくらい」

「そりゃ、義経より武蔵坊弁慶だな」

　ヤスは義経のとなりに飾ってある武蔵坊弁慶の錦絵を指さした。

「あら、素敵！　たしかに弁慶のほうが好みだわ！　弁慶の錦絵、記念に買って帰ろうっと」

　こまりが財布をとりだすと背後からくすくすと楽しげな笑い声がした。

「隼之助様より羆のほうが二枚目だなんて変わった人ね、お姉さん」

　こまりはふりかえって、かたまった。

　黒々とした艶のある髪に白玉のようなもっちりとした瑞々しい肌。

　濃密な睫毛《まつげ》、黒目勝ちな大きな瞳。ふっくらとまるみを帯びた小さな唇。

　絶世の美女がたたずんでいた。

まるで喜多川歌麿の美人画から飛びだしてきたかのようだ。

この美女が吉原一の花魁《おいらん》だと告げられたら、こまりはなにも疑わずに信じたにちがいない。

こまりはぽーっと見惚れた。ヤスも鼻のしたがのびまくっている。

「変わった勧誘をしている人がいるって噂になっていたけどお姉さんかしら」

美女はゆっくりと小首をかしげた。

所作のひとつひとつをとっても優雅な品があって愛らしい。

「そうよ！　お酒に興味があるの？」

「お酒？　大好きよ」

美女は妖艶にほほえんだ。

こまりは鼻息荒く、美女の手をとった。

美女の手のひらはふんわりとやわらかい。

こまりの手汗でべたついた手とはなにもかもが違った。

「あの、お名前はっ」

「すももと申しますの」

「名前も愛らしいですねっ。ぜひうちの店に遊びにきませんか。居酒屋をやっているん

ですが女の常連客が増えるような献立を考え中なんです。お力を貸していただけません
か」

「あたしなんてなんのお役にもたてないと思うけど」

すももはおどろいたように目を瞬き、謙遜した。

こまりはこの出会いを逃すまいとがっしりと強く手をにぎった。

「お店でお酒を呑んでいてくれるだけでもいいんです。なんならお代はいただきません
っ」

すももがしとやかに酒を呑んでいるだけで店に男たちが殺到しそうである。

「まぁ。せっかくだけど申し訳ないわ」

「そこをなんとか！」

こまりは断られてもめげずに懇願した。

すももは考えこんだ。

「そうね、じつは悩んでいることがあるの。相談にのってくれたら、お店に遊びにいっ
てもいいわ」

「なんなりと！　悩みってなんですか？」

こまりは食い気味に身を乗りだした。

「じつはね、あたし、隼之助様がこころの底から大好きなの」

すももは頬を赤らめて、つぶやいた。

せつなげに目を伏せ、ゆれる瞳は恋する乙女そのものだった。

「隼之助様をどうしてもふりむかせたいの。あたしだけの男にしたいのよ」

すももの野望はとても大胆不敵であった。

江戸中の娘が恋焦がれる色男を手中におさめようというのだ。

「隼之助とお知りあいなのですか？」

あまりにすももが強気なのでこまりは思わず訊いた。

だが、すももは頭をふった。

「でも、あたしって楊貴妃も尻をまくって逃げだすくらいの稀代の美女でしょう？　こんな見目麗しい娘に言い寄られたら隼之助様もまんざらではないと思うのよ。だって、あたしと隼之助様がならんだら絵になるでしょ？　あたしほど隼之助様にふさわしい女はいないと思うの」

「すごい自信。でも、なんだか納得してしまうわ。すももの口からきくと尻や屁って言葉もなんだか美しく感じるもの」

ならんだ姿を想像するだけで絵になると思ってしまい、こまりはなにも言いかえせなかった。

「でも、今の隼之助様には夢に見るほど恋焦がれている相手がいるんですって。寝ても覚めてもそのかたが頭から離れなくて、芝居にも集中できないほどだとか……」

すももは朝露のような涙をにじませて、悲しげに目を伏せた。

「あたしほどの美女に見初められながら、ほかに恋焦がれている相手がいるなんて、ゆるせないわ」

こまりはすももの悔しそうに歯嚙みする姿でさえ、まばゆく可憐だと感じた。

「それで姐さんにその女を消せっていうんで？　姐さんの怪力なら朝飯前だろうけどよ」

「あんたねっ。人を殺し屋みたいに言わないでくれるっ」

こまりは、ばしっとヤスの肩を力いっぱい叩いた。

「痛ぇな、馬鹿力がっ」

「あら。隼之助様が恋焦がれている相手は女じゃなくてよ」

すももは、きょとんとして一笑した。

「相手が女だったら、このあたしが負けるわけないじゃないの。失礼ねぇ」

「そしたら男の人なんですか？」

こまりの脳裏を衆道といった言葉が過ぎる。

「違うわ。黄緑のぼた餅よ」

すももが悔しげにぽつりとこぼした言葉にこまりは耳を疑った。

「え？　ぼた餅？」

「一度さしいれにいただいた黄緑色のぼた餅に惚れこんで寝ても覚めてもその味が忘れられず、芝居にも集中できないほどなんですって」

すももは黒目勝ちな目を潤ませた。

「黄緑のぼた餅ってなんですか？」

「知っていたら苦労しないわ」

「ぼた餅っつったら黒だよな。餡子《あんこ》だろうがよ」

ヤスも首をひねる。

こまりはひらめきざまに訊いた。

「抹茶のぼた餅だったのでは？」

「それがお抹茶とは全然似て非なる味だったらしいの」

すももはこまりの手をとり、ぎゅっと強くにぎりしめた。

「だから黄緑のぼた餅の正体をつきとめてつくって欲しいの」

すももに熱い視線でみつめられ、こまりは目をそらすことができない。

「でも、黄緑のぼた餅なんて見たことも聞いたこともないわ」

こまりは、たじたじになってなんとかこたえた。

だが、こまりの声はすももには届いていなかった。

「黄緑のぼた餅をさしいれたら、きっと隼之助様のこころはあたしだけのものになるわ」

すももは、うっとりと真珠のような瞳をうるませて訴えた。

「おねがいできないかしら？　念願が叶ったらいくらでもお店に遊びにいくから」

「わかりました。つくってみましょう。その黄緑のぼた餅ってもんを！」

こまりは俄然やる気になって、すももの手を強くにぎりかえした。


「また簡単に安請けあいしやがって」

店にもどるとヤスのぼやきがはじまった。

すっかり日もかたむきはじめ、ひぐらしが鳴いている。

西日が店内を紅く照らしていた。

「いいじゃないの。すももだって黄緑のぼた餅をつくればよろこんでくれるわ。お店にきてくれたら、すもも目当ての客がきっと増えるもの」

店をたてなおすのに、すももの魅力はきっと大きな力になる。

「ヤスだって、お店に美人がいたらうれしいでしょ？」

こまりが話をふると、ヤスは困ったような苦笑を浮かべた。

「ありゃ高嶺の花すぎるけどな。この世のもんじゃねぇみたいでおっかねぇ。男の精気を吸いとってだめにする妖怪みてぇだ。雪女とかかぐや姫とかそういった類のよ」

「そりゃあ、すもともとヤスじゃ月とすっぽんどころかお姫様と肥溜めの馬糞くらい違うものね」

「あんだって」

ヤスの声に怒気がこもる。

「それに黄緑のぼた餅がそんなに美味しいなら店の献立にくわえたらいいのよ。あの市川隼之助が恋焦がれたぼた餅ですって謳《うた》い文句にすれば、さらに女の常連客も増えるわ。一石二鳥よ」

「うちは餅屋じゃなくて居酒屋だけどな」

「ぼた餅に合うお酒をだせばいいのよ。なんの心配もいらないわ」

「ぼた餅なんて甘ったるいもん、食いながら酒が呑めるかってんだ」

ヤスが悪態をつくなか、こまりは頭のなかでそろばんを弾いた。

こまりの妄想のなかでは小毬屋は老若男女とわずひっきりなしに客が押し寄せ、すっかり繁盛した店となっている。

——ふふふ。これで水毬屋の再興にまた一歩近づいたわ。

とらぬたぬきの皮算用とはまさにこのことだ。

「でも、黄緑のぼた餅ってなんなのかしら」

どんなに頭のなかでそろばんを弾いたところで、黄緑のぼた餅がつくれなければ意味はない。

こまりは店にある黄緑に近い食材を思いつくかぎり、ならべてみた。

「きゅうりでしょ、春菊、大根やかぶの菜っ葉、ねぎ、にら……」

「青物とはかぎらねえぜ。わかめかもしれねぇ」

ヤスは仕入れたばかりのわかめを手にとる。

「わかめのぼた餅ですって！」

想像するだけでぬるぬるして、まずそうである。

「隼之助の舌がまともならわかめはないわよ」

「まともだって誰が決めたんだよ。腐りかけの抹茶のぼた餅を食っただけかもしれねぇだろ。くだらねぇ」

ヤスはつまらなそうにぼやいた。

「男も女も関係ねぇ。店の味で勝負したいってもんだぜ」

こまりは言葉につまった。まったくヤスの言うとおりだ。周囲にどんな店ができたとしても正々堂々味で勝負すべきだ。

だが、すももと約束したからにはねがいを叶えてやりたい。

「変なことに巻きこんでごめんなさい。でも、やっぱり黄緑のぼた餅だけはつくってあげたいわ」

こまりはヤスに深々と頭をさげた。

「ちっ。姐さんの無鉄砲は今にはじまったことじゃねぇからな。手を貸してやらぁ」

「ありがとう、ヤス！　がんばって一緒に黄緑のぼた餅をつくりましょう」

こまりは小躍りしてよろこんだ。

「だがよ、黄緑のぼた餅っつってもすももが耳にはさんだ噂話のまた聞きだからな。手がかりがなさすぎるぜ」

「誰からのさしいれなのかもどんな風味だったのかもわからないものね」

こまりとヤスは首をひねって途方に暮れた。

せめてなにかもうすこし、手がかりが欲しいところである。

「とにかく緑色で、ぼた餅にあいそうな食材からためしてみましょう」

こまりは、気合をいれて、袖をまくった。

「その前に、まずは気つけに一杯飲みましょうか」

こまりがとっくりをとりだすと、ヤスはずっこけた。


翌日、こまりはふたたび芝居小屋のある木挽町を訪れた。

ちぎれた綿のようないわし雲がゆっくりと流れていく。

秋も近くなり、涼やかな風が頬をなでるように吹いていた。

近くのお茶屋に入り、こまりは風呂敷包みをさしだす。

「いくつかためしにつくって持ってきました」

こまりが風呂敷を広げれば、重箱にはぼた餅がぎゅうぎゅう詰めでならんでいる。

「まぁ、すごい。みんな緑色ね」

すももは、重箱のなかをのぞきこんで目を輝かせた。

「このなかにお目当てのぼた餅があるといいんですが」

「食べてみてもいいかしら？」

すももは待ちきれないとでもいうように身を乗りだす。

こまりはすももに箸を手渡した。

「どうぞ。意中のぼた餅があれば、今度はそのぼた餅を重箱いっぱいにつくって持ってきますね」

すももは頰を上気させて、さっそくぼた餅に箸をのばす。

「たくさんあって、どれにするかなやむわ」

すももはひとつつまんで、小さく口をあける。

その所作のひとつひとつが洗練されていて美しく、こまりは見惚れた。

だが、すももの顔色はとたんに曇っていく。

「う〜ん……。これはなんのぼた餅なの？」

「きゅうりのぼた餅です」

すももは不満そうに箸をおいた。

「このぼた餅は違うわ」

「わかるんですか？　黄緑のぼた餅を食べたことはないんでしょう？」

こまりは目を瞬かせた。だが、すももは小さく首をふった。

「だってまずいもの。隼之助様がこんなぬめっとして食感の悪いぼた餅をよろこぶはずがないわ」

ひどい言われようだが、こまりはかえす言葉もない。

「黄緑にすることばかりに気をとられて、どうしても味は二の次になってしまって……」

こまりは言いわけがましく、頬をかいた。

こまりの苦労もつゆ知らず、すももは淡々と告げた。

「隼之助様に黄緑色のぼた餅をさしいれたのは芝居好きのえらいお武家様だったらしいの。武士はきゅうりを食べないでしょう？」

武士にとって、きゅうりは禁忌の食べ物であった。

輪切りにすると断面が徳川家の家紋に似ているからだ。

「それをはやく言え！」

「ごめんなさい……」

ヤスが怒鳴るとすももは涙目になってうつむいた。

「まぁまぁ。きゅうりではなかったとわかっただけでも一歩前に進んだわよ。黄緑のぼた餅にたどりつくまで、ひとつずつ、たしかめていけばいいんだわ」

すももとヤスをなだめつつ、こまりは明るくふる舞った。

「ほら、すももさん。こっちのぼた餅も食べてみて」

こまりに勧められ、すももはもう一度、箸をとった。

すももがおそるおそる別のぼた餅を口にする様子を、こまりは固唾を呑んで見守った。

「どうかしら、このぼた餅は」

「うーん、味は悪くないかも……。でも、ふしぎな味がするわ……」

すももは咀嚼しながら、首をかしげた。

「あら、なかに赤いものが」

「すいかのぼた餅です。餡《あん》に皮をまぜて緑色にしたのよ。なかには実をいれてみました」

こまりにとってはなかなかの自信作である。

皮から色づけするのにとても苦労した。

むりやり色づけた、といっても過言ではないが。

だが、すももの顔つきは嚙めば嚙むほど微妙になっていく。

「これも違うわ」

すももは小さく首をふった。

「なんで違うって、わかるんでぇ」

「だって、なかに赤い実が入っているなんて、隼之助様は一言ももらさなかったわ」

「なら、このぼた餅はどうだよ」

ヤスが勧めたのはヤスの自信の品である。

「なんですか。この気色の悪いぼた餅は」

すももの眉間にしわが寄る。

「わかめのぼた餅だ。食ってみろ」

だが、すももはすっかりへそを曲げてしまい、ツンとすましてそっぽをむいた。

かたくなに箸をつけようともしない。

「これは違います」

「なんで食べもしねぇでわかるってんだ！」

「こんな生臭くって気味の悪いぼた餅、隼之助様がめしあがるわけないわ」

すももはヤスをきつくにらみつけた。

美人のにらみは独特の凄みと迫力があって、ヤスはたじろいだ。

「変なものを押しつけないでくださらない？　隼之助様に嫌われて芝居小屋に入れなく

なったらどうしてくれますの？」

「なんだと、このクソ女。やさしくすれば調子にのりやがって」

ヤスの堪忍袋が切れ、こめかみに青筋が浮かびあがる。

こまりは慌てて、ヤスをおさえつけた。

「おちついて。つくったぼた餅はみんな失敗したようだから、一から考えなおしましょう」

「考えなおすったって、あとはいってぇ、なにがあるってんだよ。もうなんにも思いつかねえぞ。やっぱり腐りかけの抹茶だったんじゃねぇのか？」

こまりは腕を組んで考えこんだ。

思いつくかぎりの食材はためしたはずだ。

すももにむきなおって真剣にたずねる。

「もうすこし、なにか手がかりはないかしら」

「手がかりといわれても黄緑色としか……」

すももは困惑の表情を浮かべるばかりだ。

こまりはふと思いついてたずねた。

「ぼた餅をさしいれたお武家様はどこのご家中のお侍様だったのかしら」

「たしか仙台藩士だったとか……」

「だったら、その仙台藩のやつにどこで手にいれたのか聞いてみりゃあいいだろうよ」

「そのお武家様は参勤交代で国元へ帰られて、もう江戸にはいないのだそうです。それで黄緑のぼた餅は、謎のまま」

「ちぇっ。仙台藩士がなんだってんでぇ。仙台の餡子は黄緑色だってのか」

ヤスが口をとがらせて悪態をついた。

「仙台……。そう、そうよ、わかったわ！」

こまりはひらめいて飛びあがった。

すももとヤスがおどろいて顔をあげる。

「なんだ藪から棒に」

「ひょっとして黄緑のぼた餅の正体がわかったのですか？」

こまりは力強くうなずいた。

「仙台の餡は黄緑なの。まかせて。明日には重箱いっぱいに黄緑のぼた餅をつめて持ってくるから」

急いで店にもどると、こまりはさっそく厨房にたった。

「おい。種あかしをしろってんだよ」

ヤスにつめ寄られ、こまりはふふんと得意げに鼻を鳴らす。

「黄緑のぼた餅の正体はこれよ」

こまりは台の上にとっくりをおいた。

「あ？ 酒じゃねぇか」

「間違えた！ こっちがこたえよ」

こまりはとっくりを背後に隠して、ざるをおいた。

「なんでぇ、枝豆じゃねぇか」

ざるのなかには山盛りの枝豆が入っている。

「そうよ。昨日は青物ばかりに目がいってたけど枝豆だって立派な黄緑色でしょ」

「たしかに。でも、これをどうやって餡にするんだ？」

「まぁ見てなさいって」

こまりは大鍋に湯を沸かし、枝豆をさやごと流しこんだ。

塩をひとつかみいれ、枝豆をゆでる。

店でも肴に枝豆をだすが、ここまでのつくりかたはおなじである。

ゆであがった枝豆をざるへうつし、水切りをした。

こまりは熱々の枝豆が冷めるのを待った。

その間、とっくりの酒を湯飲みにそそいで、ちびちび呑みはじめる。

やがてひと肌まで冷めると枝豆を剝きはじめた。

ひとつずつ、さやから実をとりだす。

なんとも気の遠くなる作業であるが、酒のつまみにちょいちょい枝豆をつまんでいるから楽しいものである。

ついつい食べ過ぎてしまうので、もっと枝豆をゆでようかと頭をよぎるほどだった。

「ほら、あんたも手伝いなさいよ」

「へいへい」

こまりがうながすとヤスもしぶしぶ枝豆の皮むきを手伝いはじめた。

「丁寧にやりなさいよ。薄皮も綺麗にとるんだからね」

こまりはヤスに注意をうながしながら、むいたばかりの枝豆を口にふくんだ。

「うるせぇ！　そのざるを全部寄越せ！　姐さんにまかせてたら全部食われちまうだろうが」

「ああっ！　あたしの肴がっ」

ヤスは怒鳴って、こまりからざるをとりあげた。

ヤスはこまりを無視して、手際よく丁寧にさやから豆をとりだしていく。

こまりは泣く泣く枝豆をあきらめて、塩をなめながら酒をすすった。

ヤスのおかげで、あっという間にざるのなかはむいた枝豆で山盛りになった。

「おら、できたぞ。もう食うなよ」

「さすがヤスね！　なんて器用なの」

むかれた枝豆は薄皮が全然ついておらず、輝きをはなっていた。

こまりは味見しようと手をのばし、ヤスにぴしゃりと叩かれた。

「さて。では餡をつくるわよ」

こまりは気合をいれなおして袖をまくった。

「もったいぶってねぇで、さっさとやれ」

「まったく。ヤスはせっかちね」

こまりは軽口を叩きながら、すり鉢に枝豆と少量の塩、水飴をいれた。

すりこ木でつぶし、まぜていく。

「枝豆をつぶし過ぎないのがコツなのよね。つぶつぶの食感を残しておくためよ」

こまりは鼻歌まじりに講釈をたれた。

「雑なだけだろ」

「違うってば。わざとやってんのよ、わざと！」

つぶれた豆は、次第になめらかな糊《のり》のようになっていく。

これで餡は完成である。

「ほら、味見してみてよ」

こまりはヤスの前にすり鉢をさしだした。

ヤスの眼は半信半疑である。

ヤスはふしぎそうに餡を指先ですくいあげてなめた。

「なんだこれ。枝豆なのにすごく甘い……」

ヤスは愕然とつぶやいた。

「でしょう。仙台名物のずんだ餡っていうのよ」

こまりはしたり顔を浮かべた。

「枝豆がこんな甘い食いもんになるなんておどろきだ。たしかに隼之助が寝ても覚めても忘れられねぇ味ってのがわかる気がするぜ」

ヤスは感嘆の声をあげた。ヤスの手が自然とまたずんだ餡にのびる。

「ちょっと食べすぎよ。明日のぶんがなくなっちゃうじゃないの」

ヤスが何度もずんだ餡をなめようとするので、こまりは慌ててすり鉢をとりあげる。

ヤスは小さく舌打ちした。

「これならぼた餅の餡にも合いそうだ。よく知ってたな」

「むかし、おじいちゃんに教わったの」

「おまえのじいちゃんは物知りだなぁ」

「食道楽であちこち旅をしていた人だからね。白河から仙台なんて、じいちゃんからしてみたらご近所みたいなもんなのよ」

こまりは、まるで自分のことのように誇らしい気持ちであふれかえった。


翌日、こまりは重箱いっぱいにぼた餅をつめて、すもものもとを再訪した。

「黄緑のぼた餅、お持ちしました」

「本当に？　もうまずくない？」

すももは昨日の不出来なぼた餅にすっかり意気消沈し、不安な声をもらした。だが、こまりの自信はゆるがなかった。

「さ、どうぞ。すももさんのぶんも用意したからめしあがれ」

こまりが重箱をあけるとぼた餅がところせましとならんでいる。

すももはおそるおそる箸を手にとった。

ごくりと生唾を飲みこみ、ぼた餅に箸をのばす。

小さく口をひらいて、ずんだ餡のぼた餅をかじった。

するとすももの硬かった顔つきがすこしずつ、溶けていく。

「とっても甘いわ。つぶつぶした食感が本当のつぶ餡のよう……」

すももから柔和な笑顔がこぼれた。

「これだわ。これが黄緑のぼた餅にちがいないわ！　この味よ！」

すももは興奮してまくしたてた。

こまりはしてやったりとこぶしをにぎった。

「仙台名物のずんだ餡っていうんですよ。黄緑色の正体は枝豆だったんです」

「いわれてみれば、たしかに枝豆の青臭さや風味も残っているわ。おもしろいわね」

こまりの説明にすももは納得して深くうなずいた。

「ずんだ餡のほかにもいろいろあるのね」

すももは目を爛々と輝かせて重箱をのぞきこむ。

重箱には黄緑だけではなく、こしあんやつぶあん、きなこ、抹茶など色とりどりのぼた餅がならんでいる。

「せっかくなのでヤスと一緒にいろんな味のぼた餅を用意してみました」

こまりは意気揚々とこたえた。

「このだいだい色のぼた餅は見たことがないけれどなあに？」

「かぼちゃをつぶした餡です。ずんだ餡からひらめいて。ヤスがかぼちゃも餡にできるんじゃないかって助言してくれたんです」

「この白いぼた餅は？」

「おぼろ昆布です。しょっぱくっておいしいんですよ。甘いものを食べると塩辛いものが食べたくなるでしょう。ぼた餅にもあうんじゃないかと思って、ためしたら大成功だったんです。これもヤスからのうけうりなんですけど」

「あー、もう最高っ。すべて食べたいわ！」

すももは垂涎しながら口もとをぬぐった。

「隼之助にさしいれすんだろうが。全部食ってどうする」

「そ、そうね！　ありがとう。これを隼之助様にさしいれるわ」

こまりは重箱のふたをして風呂敷を巻きなおす。

すももは手渡された重箱をまるで赤子を抱くように大事に抱えた。

「ねぇ、すももさん。これであたしの店に遊びにきてくれる？」

すももは強くうなずいた。

「まかせて。明日の夜にでもさっそく伺うわ」

「それと若い娘に人気のでる料理の相談にのって欲しいの」

「もちろんよ。でも、もうできているんじゃなくて？　こんな色とりどりで可愛いぼた餅、江戸中探したってどこにもないわ。売りだしたらきっと名物になるわよ」

すももはにっこりほほえんで片目をつぶってみせた。


翌日の夜。小毬屋にはぼちぼち客足がもどりつつあった。

「やぁ、こまり殿。今宵はいつもよりにぎやかなようですな」

玄哲が手酌で酒を呑みながら声をかけてくる。

「ひじきもほかの客にとられてしまいました。手なぐさみをうしなったようで、とてもさみしいです」

見れば、ひじきはほかの客の膝のうえで、ご機嫌そうに煮魚をわけてもらっていた。店が閑散としている間は玄哲の膝のうえから離れぬくせに現金なものである。

だが、店がにぎやかなのは素直にうれしかった。

こまりは鼻高々にこたえた。

「えへへ。とびきりの美女がやってくるって、それとなくうわさを流しておいたのよ」

「ほぅ、とびきりの美女ですか」

吉原の太夫などよりずっと美人よ。それも死体じゃなく生きた美女ですからね」

吉原の太夫など見たこともないが言ったもの勝ちである。

「それは楽しみですな。今日も来たかいがありましたよ」

玄哲はかろやかに笑って酒を呑んだ。

「ふん。美女のうわさに流されてやってくるとは軟弱な」

侮蔑のこもった目で周囲を見渡したのはひさびさに顔をだした銕之丞だ。

「今日はなにがなんでも小毬屋に顔をだすと息巻いておられた銕之丞殿のお言葉とは思えませぬな」

「なにっ。それを申すでないっ。そういう貴様はどうなんだ」

「拙者はただ単に、小毬屋の味が恋しくなっただけにござる」

「なにを……。ずるいぞ白旗……」

銕之丞はわなわなと口を震わせ、白旗も茶々をいれては楽しそうに一杯ひっかけている。

しかし、刻限を過ぎてもすももはやってこなかった。

「遅いわね。まだかしら。道に迷ったのかしら……」

こまりは肝心のすももが姿を見せないので、いいかげん、やきもきしていた。

「女の夜道はあぶねえからな。なにかあったのかもしれねぇ」

「大変だわ。あたし、ちょっとそのあたりを見てこようかしら」

こまりとヤスが心配を重ねていたその時、がらりと戸がひらき、新しい客が顔をだした。

「いらっしゃいま――」

こまりは元気よく声をあげ、かたまった。

すらりとした長身と長い手足、整った瓜実顔に高い鼻梁、きりっとつりあがった薄めの眉、切れ長な眼。

「市川隼之助ぇ！」

こまりはおどろきのあまり飛びあがった。

「なんで、どうして、市川隼之助がっ」

こまりは混乱して叫んだ。

すももが訪れるはずが隼之助本人が現れたのである。

隼之助はこまりを見つめ、にっこりとほほえんだ。

隼之助はつかつかと歩み寄ると膝だちとなって、こまりの手をとった。

こまりが呆気にとられている間に、隼之助は手なれた様子で手の甲に接吻をする。こまりは氷のようにかたまった。鳥肌が全身を駆けぬけていく。

「そなたの味に惚れた。俺と夫婦《めおと》になってくれ」

「なんだって！」

こまりよりも大きなおどろきの声をあげたのはヤスと銕之丞だった。

「おい、そこの優男。おまえ、目が腐ってやがんのか。こまり姐さんはな、湯水を浴びるがごとく酒を呑む女だぞ。悪いことはいわねえ、はやまるな」

「そうだぞ！　こまり殿に女らしいところは欠片もないぞ！　やめておけ！」

二人がこまりの罵詈雑言をこれでもかとならべたてても、隼之助は涼しい顔で、にぎりしめた手を放そうとしない。

「ふっ。男の嫉妬とは見苦しいものだ。俺は欲しい女はかならず手にいれる。これまでもこれからもだ」

隼之助に手の甲をそっとなでられて、こまりはぞくりと背をふるわせた。

こまりは、はっと我にかえる。

「待って！　隼之助がどうして店に？　というか夫婦ですって。冗談じゃないわ」

こまりは慌てて隼之助の手をふりはらう。

「すももにこんなところを見られたら大変だわ。せっかくお店にあそびにきてくれるってのに台無しになるじゃないの」

隼之助は江戸一番の色男かもしれぬ。

だが、こまりはさほど興味がない。

隼之助に求愛されて、すももとの関係に亀裂が入るほうがずっとまずい。

「つれないね。ぜひ、あそびにきてほしいと懇願したのはきみのほうじゃないか」

「あたしはすももにあそびにきてと言ったのよ。隼之助はおよびじゃないわ」

「まだ気づかないのかい？」

隼之助は妖艶に笑った。

「美味しいわ。これが隼之助様の追い求めていた味よ」

隼之助はしなをつくって、甲高い声をだした。

「え？　すもも？」

その声はすももの声とうりふたつであった。

「そのとおり。すももは俺だよ」

「なんですって！」

こまりは絶句した。

隼之助はいたずらが成功した子供のようににんまりと笑う。

「うそでしょう？　なんで女に化けていたの？」

「うふふ。芝居小屋の前をなんの変装もせずにうろついたら、あっという間に娘たちに囲まれてしまうからねぇ。お忍びで動きまわりたい時は女の格好にかぎるのさ」

「たしかにあたしも男の格好をして大酒呑み大会にでたりするけれど……」

「姐さんも人をとやかくいえねえな」

「だいたい考えてもみたまえ。あんな美しい娘がただの町娘なわけないだろう」

隼之助は流し目で妖艶に笑った。

「自信家なところもすももとうりふたつだわ……」

こまりはあいた口がふさがらない。

「それじゃあ黄緑のぼた餅の話は……」

「黄緑のぼた餅の味に惚れこんで探し求めていたのは本当さ。江戸中の菓子屋に頼んでつくらせたが俺が求める味にたどりついたものはいなかった。ただ一人をのぞいて、ね」

隼之助はこまりの手を強くにぎった。

「俺の求める味にたどりついたのは、こまりだけだ」

こまりがふり払おうにも隼之助の熱のこもった手は案外力強い。

「そればかりじゃない。こまりの手はからくり師のように工夫に富んでいた。ずんだ餡だけでなくかぼちゃやおぼろ昆布のぼた餅も最高の味だった」

隼之助は、うっとりと目をほそめる。

「俺はこまりが欲しい。毎日、あんたの手料理が食べたいんだ」

隼之助の突然の求婚にこまりは啞然とするばかりだ。

まさに青天の霹靂である。

「俺と夫婦になってくれるね？　まさか江戸の抱かれたい男番付筆頭である俺の求婚を断ったりしないだろう？」

「悪いけど、今は誰とも夫婦になるつもりはないの。それに夫がいたこともあるしね」

こまりははっきりと断った。

「なんと。こまりは離縁されたのかい？　しかし気を病む必要はないよ。俺は器の大きい男だからね。気にしないよ。たとえ江戸中の娘たちを敵にまわしてもね」

「う〜ん、そうじゃなくて……」

　こまりは隼之助の頭のてっぺんからつま先まで、値踏みするようにじっくりとみつめた。

「あなたの顔、好みじゃないのよね。あたしは義経より弁慶なの。熊のような男が好きなのよ」

　隼之助の片頬がぴきっとひきつる。

「それと江戸へきたのも田舎の酒蔵をたてなおしたいからなの。あなた、あたしと一緒に白河へいってお酒造りできる？　できないでしょう？　こんな綺麗な手をしているんだもの」

　こまりは隼之助の手をじっと凝視した。

　祖父の手とも宗右衛門の手とも違う。

　隼之助の手は白くて細い。マメひとつない綺麗な手だった。

「さすれば鋏之丞もだめですね。跡とり息子として火盗改メを盛りたてていかねばなりませんからねぇ」

　白旗が淡々と告げると、鋏之丞は顔を真っ赤にして言いかえした。

「そんなことはわかっておる！　余計な口をはさむな！」

「ああ、そんな馬鹿なことが……。この俺が女人にふられるなんて……、おたまじゃくしがいのししに育つくらいありえない……」

隼之助は膝からくずれ落ちる。こまりは慌てて支えた。

「大丈夫？　女にふられたくらいでしっかりしなさいよ。星の数ほど女はいるんだからさ」

「すこしめまいがしただけだ。今まで女人に断られたことがなかったので……。衝撃が大きくて……」

隼之助は唇を紫に染めて、生まれたての小鹿のように小刻みにふるえた。

「なんかあほらしくなってきたな。こいつ、いい加減、つまみだされえか？」

ヤスが苛だちまぎれに、耳の穴をほじっている。

「暴力だけはやめてくれ。美しい顔に傷がついたら困るんだ。大事な商売道具だからね」

隼之助はなかなかこまりの手を離さない。

それどころかふりほどこうとしても強くにぎりかえしてくる。

「ますます気に入ったよ、こまり。俺はいつかかならず、きみのこころも手にいれてみせる。黄緑のぼた餅を手にいれたように……」

「いや、はやく手を離して欲しいんだけど。商売にならないわ」

こまりはぺしっと隼之助の手を叩いた。

だが隼之助はめげずに淡々と話をつづけた。

「ふふ。乱暴なところも嫌いではないよ」

「そんなことをいわれたのははじめてよ。ぞっとするわ」

隼之助のしつこさに、こまりはあきれている。

だが隼之助は周囲の視線などものともせず、真剣な顔つきで告げた。

「じつはもうひとつ。こまりに頼みがある」

「人の話、聞いてる？」

「またなにか頼もうってのか。ずいぶんと図々しい野郎だ」

こまりもヤスもあきれっぱなしである。

「まぁ、聞きたまえ。咎犬のヤス。きみたちにとっても悪くない話だ」

「おまえ、俺のことを知って！」

「まぁね。きみたちのことはある程度調べさせてもらったよ」

隼之助は手にしていた頭陀袋《ずだぶくろ》を床几《しょうぎ》の上においた。

袋はずっしりと中身がつまっていて重そうだった。

「希少なだだちゃ豆が入っている。あとは白砂糖。長崎からとりよせた舶来の高級品さ」

「これはなに？」

こまりは仰天して袋のなかをのぞきこんだ。

一目見て、ごくりと生唾を呑む。

「すごい……。こんな上等な白砂糖、見たことも食べたことないわ」

「これを使って最高級のずんだ餡のぼた餅をつくって欲しい」

隼之助が大真面目な顔でねだった。

ヤスは隼之助をにらみつける。

「金に糸目はつけませんってか。つくづく嫌味な野郎だ」

「いっておくがこれは私利私欲のためではないぞ」

隼之助はにやりとほくそ笑んだ。

「妖盗野槌をおびきよせるためさ」

こまりはおどろいて顔をあげた。

「野槌ですって？」

「そうさ。市川座では次の演目に妖盗野槌をやろうと考えていてね。もう稽古もつけてあるのさ」

「妖盗野槌の演目なんてうけるの？」

「わかってないねぇ。庶民はみんな義士の武勇伝が好きなのさ。赤穂浪士しかり石川五右衛門しかり、お上にたてつく話に、客は熱中する」

「野槌は義士なんかじゃないわ。美食にとりつかれた残虐でいかれた野郎よ」

こまりは声に怒りをにじませた。

だが隼之助はどこふく風でひょうひょうとしている。

「江戸の庶民はそうは思わないのサ。野槌が狙うのは大名や商家ばっかりだ。野槌にその気はなくても、貧乏人からしてみりゃ胸がすく思いがするってもんなのさ」

「そんな。野槌は大悪党なのに」

こまりはうなだれた。

だが、こまりも野槌と対面していなければそう思っていたかもしれない。

「だけどな、妖盗野槌をただ芝居にしただけじゃ、おもしろみに欠けるってもんだ」

隼之助は大胆不敵な笑みを浮かべた。

「どうせなら派手な芝居をしたくてね。野槌に挑戦状を叩きこんでやろうって算段なのサ」

「どうするつもりなの」

「瓦版に野槌への挑戦状を載せてもらう。芝居のなかで最高級のずんだ餡のぼた餅を扱う。奪えるものなら奪ってみろとね」

隼之助はよどみなく流暢に語った。

この興行は成功すると自信に満ちあふれていた。

「こまりには野槌をおびきよせるための餌となるずんだ餡のぼた餅をつくってもらいたい。どうだい？　この賭け一口のらないかい？」

「なんのためにそんなことをする。野槌は美食のためには平気で人を痛めつける妖盗だぞ。客に危害を加えるかもしれん」

錂之丞がたちあがり隼之助をにらみつける。

火盗改メとして聞き捨てならぬのだ。

「もちろん目立つためさ。俺は誰よりも目立ちたい。目立てば目立つほど芝居を観に江戸中から人が集まるからね」

隼之助はうっとりとした顔でささやいた。

だがこまりはその刹那、隼之助が闇のなかをのぞきこむような暗い目をしたことを見逃さなかった。

とても嫌な予感が胸のなかを渦巻いた。

「危険よ。隼之助だってただじゃすまないわ。殺されるかもしれない」

「心配してくれるのかい？　子猫ちゃん」

「どら猫のまちがいだろ。気色悪い」

ヤスが茶々をいれると、隼之助はうすら笑いを浮かべた。

「芝居小屋も生き残るために必死なのさ。天明の飢饉の影響はいまもつづいている。芝居どころではなくなり、つぶれる一座も少なくない。話題は大きければ大きいほどいい。たとえ、ご公儀にたてつこうともね」

「貴様の身勝手な私欲のために観客を危険に晒すのか！」

銕之丞が怒鳴った。だが、隼之助はどこふく風でしれっとしている。

「客だってよろこぶさ。退屈な毎日よりは血を見たほうが興奮するだろう。安全には精一杯気をくばるつもりだがね」

隼之助の冷ややかな言いぶんに、こまりは絶句した。

「どうかしてるわ。血を見たほうがいいなんて」

「もちろん謝礼は弾ませてもらうよ。野槌を捕まえたあかつきには懸賞金の一部を払おう。どうだい。酒蔵をたてなおすために金子がいるなら悪い話ではないと思うが」

「あたし、やるわ」

こまりは目の色を変えて即答した。

「こまり殿！　危険だ。およしなさい」

「姐さん！　また変なことに首をつっこみやがって」

錬之丞とヤスがいさめたが、こまりは聞く耳を持たなかった。

「だって、この手で野槌を捕まえたいもの。それに喉から手がでるほど金子だって欲しい。背に腹は代えられないもの」

周囲の反対を無視して、こまりは話を進めた。

「でも、その代わり、ふたつほどあたしの頼みもきいてほしいの」

「ふたつもあるのかい。欲張りだね。だが、強欲なところも愛おしいよ。で、なんだい？　俺に叶えられる望みならば叶えよう」

「ひとつはあたしも一座の芝居にだしてくれない？」

「なんだって？」

「高級ぼた餅は舞台におくのでしょう？　だったら、あたしも舞台のうえにいないと。野槌を捕まえるのに客席にいたのでは遠すぎるわ」

もし騒ぎになった際、客が逃げまどえば人ごみで身動きすらとれなくなるおそれがある。こまりはまっすぐに隼之助を見据えた。

「あたしがぼた餅を持って舞台にあがる。それでもいいならぼた餅をつくるわ」

「おもしろい。いいだろう」

隼之助は、白い歯をのぞかせてにやりと笑った。

「しかし、俺の舞台はおあそびではないぞ。軽い気持ちで舞台にあがられては困る。しっかりと稽古はつけさせてもらうよ」

隼之助はいつになく真剣な顔でこまりの顔をのぞきこんだ。

こまりは決意をみなぎらせて、強くうなずいた。

「わかったわ。お芝居の経験はないけど、あたしにできることだったらなんでもするわ」

「して、残りのひとつは？」

こまりは意気揚々として告げた。

「ぼた餅のお弁当をつくるから芝居小屋で売らせてほしいの。もちろん小毬屋の専売でね。できたらお酒も。女の子むけの甘いお酒もためしに売ってみたいの」

「ふふ。子猫ちゃんはずいぶんと商売上手だね」

隼之助はにやりと笑い、ぱちんと指を鳴らした。

「いいだろう。材料が違うといえど、おなじぼた餅を芝居をみながら楽しめるとあっては客もよろこぶだろう。ぼた餅弁当目当ての客も来るようになるかもしれぬ」

「なら、決まりね！」

こまりは嬉々として飛びはねる。

芝居小屋の客に弁当を売りさばけば小毬屋を知ってもらういい機会になる。店の宣伝、ひいては商売繁盛につながる。

芝居小屋のぼた餅弁当が話題となって客が殺到する未来を想像し、捕らぬたぬきの皮算用などをして、こまりはしてやったりと忍び笑いをもらした。


翌日、こまりは弁当の試作もかねて早めに小毬屋へむかった。

小毬屋にはすでにヤスも来ていて、料理の下ごしらえをはじめていた。台のうえには大量の枝豆が載っている。

どうやら今日の一押しの食材は枝豆であるらしい。

「こんなにたくさんの枝豆、どうするの？　ヤスもぼた餅弁当の試作？」

「馬鹿。今夜のおすすめの一品にすんだよ」

ヤスは鍋でなにやら枝豆を煮込み、時折かきまぜている。

甘いにおいに誘われて、こまりは鼻をひくつかせた。

「なに作ってるの？　味見させて」

ヤスはにやりと笑うと小皿に枝豆をすくい、こまりに手渡した。

こまりは箸でもどかしげに枝豆をつまんで口に放り込む。

にんにくと唐辛子の風味が口内に広がった。

「ん〜っ！　ぴりっと辛くてくせになるっ」

「枝豆の醬油煮だ。にんにくと唐辛子をいれてある。それと今夜は枝豆を米と一緒に炊いて枝豆ごはんにする。さっぱりするし、締めの一品にいいだろ」

「蒸し暑い夏の夜にぴったりね。さすがヤス。枝豆の醬油煮を味見したら、お酒が呑みたくなってきたわ」

こまりはさっそく酒を開封して、湯飲みにたっぷりとそそいだ。

「なんだその酒は？　血みてぇに赤いぞ」

ヤスが目を瞬かせる。

「ふっふっふ。ぶどう酒よ。めずらしいでしょう？　ぶどうのしぼり汁と皮を漉した汁と水飴を酒に加えて寝かせたものなの」

いわゆる果実酒である。

「芝居小屋で売ろうと思って。実はあたしの手作りなの。梅酒を漬けたり、果実酒をつくったりするのが好きで昔からよくやってるの。おじいちゃんにおそわったんだ」

こまりは枝豆の醤油煮をおかわりしてせっせと口に運びながら、ぶどう酒のまろやかな舌触りを堪能した。

「ぷはーっ。ぶどう酒の甘さと枝豆の醤油煮のぴり辛さが交互に楽しめて最高」

「今夜、店にだす料理なんだから勝手につまみ食いすんな。だいたい、なんのために早出してきたんだ。一人で呑むためか」

ヤスに軽く頭を叩かれて、こまりは我に返った。

このままでは一人夢中で酒盛りをはじめるところだった。

「違うわ。ぼた餅弁当の試作に来たのよ」

「ああ、弁当の話か。また簡単に安請けあいしやがってよぉ。その弁当を下ごしらえしてつくるのはいったい誰なんだよ」

ヤスが恨めしげなまなざしをむけ、ぶつくさと文句をたれる。

だが、こまりはけんもほろろにあしらった。

「もちろんヤスよ。あたしはお芝居の稽古もしなきゃいけないんだから。献立はつくるけど、お弁当をつくって売りさばくのはヤスよ」

「ふざけんな。給料増やしてくれなきゃ割にあわねぇぞ」

「いいじゃないの。ひいては小毬屋の商売繁盛、水毬屋の復活のためよ」

「俺は水毬屋にはこれっぽっちも興味はねぇんだが。愛着もねぇし」

「ひどい！　なら、お弁当が完売したら臨時のお手当を支給するわ！　それならいいでしょ。あたしだってそこまで鬼じゃないわよ」

「ま、水毬屋には縁もゆかりもねぇが小毬屋にはたっぷりとある。小毬屋のためならひと肌脱がねぇとな。完売するような弁当の献立をちゃんと考えるんだろうな？」

ヤスはうろんげな顔つきでぼやいた。

「たくさんの弁当をつくるなら品数の多いおかずはつくれねえぞ。人手がいる。俺一人じゃお手上げだ」

「いざという時は火盗改メの連中を呼んで手伝わせましょう。あいつら、飲みにくるたびに酔って暴れて店の調度品をいくらでも壊すのだから、時にはそれくらい手伝わせたって罰はあたらないわ」

こまりはさも当然といった顔でうなずいたが、ヤスはすっかりあきれ顔である。

「火盗改メのやつらに料理なんざできるわけねぇだろうが。素人を呼んでどうすんだ」

「力仕事にはもってこいじゃないの。それに枝豆の皮むきくらいならできるわよ。あと栄蔵さんや玄さんも手伝ってくれるって。一人でやるよりはいいでしょう」

「まぁ栄蔵のじいさんが手伝ってくれるっていうなら百人力だがよ……」

ヤスは、しぶしぶといった態度で従った。

「で、肝心の弁当の中身はどうすんだ。弁当箱だってたくさん用意するには金がいる。先立つもんは金だ。隼之助に無心するか」

「そんなあこぎな真似しないわよ。弁当箱なら竹の皮で十分よ」

こまりは、用意した竹の皮を机のうえに広げる。

それからもち米を丁寧に洗って水に浸した。

一刻ほど水に浸しておかねばならないため、その隙に餡をつくる。

ざるにあずきを入れて軽く洗ったのち、鍋にあずきが浸かるくらいの水をそそいで中火で煮る。沸騰したらさらに水を加えて煮た。

ふたたび沸騰したら、ざるに移してゆで汁を切り、さらに水をかける。

いわゆる渋切りという作業だ。

この作業を数回くりかえすことであずきにふくまれる渋みやあくをとりのぞくのである。

渋切りを終えたら、鍋をきれいに洗い、ふたたび鍋にあずきと水をいれて蓋をして煮込んだ。

ことことと煮立つ鍋のなかで、あずきがまるで盆踊りでも踊るかのように乱舞している。

あずきが頭をださないように、時折差し水を加えた。

あずきが柔らかくなったらゆで汁を捨て、清潔な手ぬぐいで水気を絞り、鍋に戻し砂糖をくわえ、さらに煮込んで水気を飛ばす。

とたんにあずきの甘ったるい香りがむわっと小毬屋を包みこむ。

こまりは、木べらを使って粒がごろごろ残る粒あんと舌触り滑らかな漉し餡の二種類をつくった。ヤスからゆでた枝豆をわけてもらい、ずんだ餡もつくる。

時折、だらだらと休憩を挟んではヤスの料理をつまみ、酒をあおっている間にもち米も炊きあがってきた。

「観劇しながら食べるのだから、ぼた餅もなるべく小ぶりで一口で食べられるものがいいわ」

こまりは、炊きあがったもち米を麺棒でかるく潰しながらつぶやいた。

手を水にさらし、もち米を少量手にとり、赤子の手の大きさほどにまるめる。

こまりは、もち米を漉し餡にからめて竹の皮に載せた。

あっという間に、漉し餡とずんだ餡のぼた餅が竹の皮にならんだ。

「その二つで十分だろ」

「いや、きなこのぼた餅も足しましょう。三色になったら見た目も華やかだわ」

こまりは、まだ納得できなかった。

食べる人がじゅうぶん楽しめる弁当にしたい。

こまりは、手のひらに載せたもち米をそっとやさしく潰し、なかに粒あんをいれて包んだ。その上から茶こしできなこをふりかける。

竹の皮に三つならべて包むと黒、薄緑、淡黄の三色ぼた餅弁当ができあがった。

色鮮やかなぼた餅は、こまりの食欲をそそった。

「きなこのぼた餅からつぶあんがでてきたらおどろきでしょう？　こしあんとつぶあんの食感の違いも楽しめる」

こまりは力作ができあがったとばかりに胸を張った。

「でも、俺はそんな甘ったるい弁当買わねえぞ。喉が渇いてしかたねぇだろうが」

「なら、口直しに甘辛い一品を追加するってのはどうかしら」

こまりは、油揚げを八等分に切り、炭火で軽く火であぶった。

とたんに油揚げの香ばしいにおいがたちこめ、こまりは鼻をひくつかせる。

両面にこんがりと焼き色がついたら、醬油をたらしてまんべんなく塗った。

油揚げの表面が醬油を吸いあげる。

「どう？　油揚げのつけ焼きよ。お酒のおつまみにももってこいだし」

ヤスはごくりと生唾を飲み込み、箸で焼きたての油揚げをつまみあげるとふぅふぅと吐息をかけ、かぶりつく。

「うめぇ！　カリカリさくさくなうえに甘じょっぱい醬油と油揚げのやさしい甘さがよく合うな。こいつはいいや。作るにも手間はいらねぇし、酒のつまみにもなる。店で売りだしてもいいくらいだ」

「なら、決まりね。三色のぼた餅に油揚げのつけ焼きを添えましょう」

こまりは油揚げのつけ焼きを何枚も食べ、酒をあおりながら、ふふんと鼻を鳴らした。

こうして、芝居小屋で専売するぼた餅弁当が決まった。

決戦の七日前から瓦版の紙面には市川隼之助の挑戦状が連日掲載され、江戸中の話題となった。

「すごい人ね……。緊張してきた……」

こまりはどん帳の隙間から観客席をのぞきこみ、ふるえる声でつぶやいた。

瓦版の効果は覿面《てきめん》で客席は人であふれかえっている。

この間、こまりが芝居を見にきた時は若い娘の客ばかりだったが今回は老若男女の顔ぶれだ。座りきれずにたち見の客もいれば、芝居小屋にすら入れず外も行列ができている。

弁当の売れゆきも好調で、すでに弁当をあけて食べきっているものもいる。

また若い娘たちに甘い酒の売れゆきも好調で、味によっては完売もでているほどだ。

小毬屋の時代が来たのではないかとこまりも鼻息が荒い。

「ふふん。やはり野槌に挑戦状を叩きつけたのはいい思いつきだったな。江戸中の話題となっているぞ」

隼之助は興奮さめやらぬ様子で息巻いていた。

白い頬がかすかに上気している。

「でも、いいの？　お客は芝居に興味がある人ばかりじゃないわ。ほとんどは賞金首の野槌目当てよ」

「そんなことは百も承知だ。たとえ芝居に一寸の興味もなかったとしてもまた芝居が見たいという身体にしてやるさ。この俺の美しい顔と芝居でね」

隼之助はうっとりとおのれの顔をなでた。

相変わらず気障《きざ》で自己陶酔が激しい。

「それに子猫ちゃんだってそうだろう？　芝居小屋には小毬屋のようなしみったれた居酒屋に興味のある客は誰もいない」

「しみったれた居酒屋で悪かったわね！」

こまりは嚙みつくように唸った。隼之助はひょうひょうと話をつづける。

「それでもぼた餅弁当をきっかけにすこしでも知ってもらいたいのだろう。俺だっておなじさ。芝居は楽しく、すばらしいものだ。俺は芝居に興味がないやつにほど見てほしいね。一度でも見れば、芝居の良さがわかるはずだ」

隼之助は芝居のおもしろさについて力説した。

軽薄な男だが芝居にたいする熱意や情熱は本物なのだ。

こまりは芝居にむきあっている時の隼之助は嫌いではないと感じた。

「あんたも顔は綺麗なんだから、もうすこし黙っていたほうがかっこいいわよ」

「惚れなおしたかい、子猫ちゃん」

「褒めてないし、惚れてもいないわ」

こまりは真顔でこたえた。

子猫ちゃんと呼ばれるたびに全身にぞわぞわと鳥肌が立つ。

こまりは隼之助と話が通じなさすぎて、異人とでも会話をしているような気がしてきた。めまいがして、こめかみをおさえる。

「つれないね。せりふはちゃんと頭に入っているだろうね？　俺の舞台で大根を料理しないでくれよ」

「ま、まかせて。芝居なんて、おちゃのこさいさいよ」

こまりはぎくりとしながらひきつった笑みを浮かべた。

本当は緊張がひどく、心ノ臓が早鐘のように鳴っている。手汗もひどい。

「まだ大酒呑み大会にでるほうが気楽だったわ」

こまりは衣装の裾で手汗をぬぐった。

せりふだって、ほんのすこしあたえられただけなのにすっかり頭からぬけ落ちている。

「えーと、なんだっけ……、せりふ、せりふ……」

こまりは台本をひらきなおして念仏のようにぶつぶつと唱えた。

「なんで姐さんは舞台にあがれて、俺たちは顔もでねぇ下っぱなんだよ」

「俺様も舞台へあげろ。この人斬り鬼銕の大たち廻りは舞台で映えるぞ」

こまりのうしろでヤスと鋏之丞が不平不満をのべている。

その二人を隼之助はするどい眼光でにらみつけた。

「文句をいうのなら客席へいってもらうぞ」

「だめだ。こまり姐さんを守れなくなるだろうが」

この二人が黙って客席におさまるはずもなく、舞台裏へ押しかけてきた次第である。

「裏方にいたいならそれ相応の役まわりはしてもらうぞ」

二人にあたえられた役まわりは地下での肉体労働だ。

こまりもはじめて知ったのだが舞台には奈落《ならく》と呼ばれる地下がある。

奈落は暗く、ろうそくの明かりを頼りに人力で廻り舞台を動かしていた。

華やかで輝かしい舞台の裏では大勢の男たちの地味で地道な肉体労働に支えられていたのである。

「あんな地味で根暗な仕事は嫌だ。俺様も舞台にでたい！」

目立ちたがりの鋏之丞は聞きわけのない子供のように地団駄を踏んだ。

「だめだ。俺は美しくないものを舞台へあげない。薄汚いねずみは奈落がお似合いだ」

隼之助はどぶのなかの蛙でも見るような冷たい瞳で吐き捨てた。

「ハァ？　じゃあおまえの目にはこまり姐さんは絶世の美女に見えてんのか？」

「こまりはひたすら高級ぼた餅の側で番をする小姓の役だ。男の格好をさせればそれなりに小姓に見える。だが、おまえら二人は夜盗か罪人かあるいは野武士にしか見えん。あきらめろ」

「美少年役ならあたしが一番ふさわしいわよね」

こまりは総髪に結んだ髪をなびかせて得意げに胸を張った。

隼之助は真顔で相槌を打つ。

「それに遠くの観客から顔はよく見えない」

「矛盾してるじゃねえか！」

「うるさい。黙って持ち場にもどれ。そろそろはじまるぞ」

ちょうど柝《き》の音が芝居小屋に響きわたった。

ざわついていた観客たちが一斉に静まりかえる。

こまりたちは慌てて舞台袖にひっこんだ。

ゆっくりと幕があがった。

「あぁ、今年も長雨がつづいて作物が育たなかった……」

「年貢はもうすこし待ってくだせぇ……、子供が病気なんだ……、薬を買う金もねぇ、食いもんがなくなったら親子ともども飢えて死ぬしかねぇんだ……」

すがりつく農民を居丈高な役人が蹴り飛ばす。

「ええい、だめだ！　年貢はびた一文負けんぞ」

「腹が減った……。ひもじい……ひもじいよぅ……」

ぼろを身にまとった農民は地面を這いずり泣きくれる。

廻り舞台がまわって、貧しい農村とは真逆のきらびやかな御殿があらわれた。

舞台の真ん中では豪華絢爛たる衣装を身にまとった殿様がふんぞりかえっている。

「なにぃ。飢饉となｫ？」

側近の侍が殿様の前にひれ伏し、農民の悲惨なありさまを必死に説いた。

「領民は明日を過ごす食料もなく、木の根をかじり、蛇も虫も喰らい、それでも足りぬのでございます」

だが、切羽《きょうそく》つまった様子の側近とはちがい殿様の反応は鈍い。

殿様は脇息にもたれかかって、どこかうわのそらだ。

「米が食えぬならぼた餅を食えばよいではないか」

殿様はおっとりとした声で鼻をほじった。

「腹が減った。ぼた餅を持ってまいれ」

「はっ、ただいま！」

こまりは大声を張りあげた。

緊張のあまり声がうわずり、殿様役に小さくにらまれる。

こまりはぎくしゃくとした手つきで漆《うるし》の重箱を殿様の前にさしだした。

「城下よりとりよせたぼた餅でござりまする」

観客の視線がこまりに集まっている。

こまりは緊張のあまり手がふるえた。

身体中の穴という穴から汗が噴きでそうである。

こまりの手は力が入らず、今にも重箱を落としそうだった。

小姓が重箱を落としたらどうなるのだろう。

この馬鹿殿のふるまいから察するにひどい折檻をうけそうだ。

そんな場面は台本には書かれていなかったが辻褄《つじつま》をあわせるために即興でぶたれるくらいはするかもしれない。

こまりの額にうっすらと冷や汗がにじんだ。

殿様は手が汚れるのもいとわず、ぼた餅にかじりつく。

「うむ。餡子があふれんばかりにはいっておるな。余はぼた餅が大好きじゃ。米がないならみなもぼた餅を食えばいいのじゃ」

妙な間があいた。

次はこまりがせりふをいう番だった。

殿様役がわざとらしく咳ばらいをし、こまりははっとした。

こまりは慌てて、次のせりふをたどたどしく口にした。

「と、との！　よ、世の中にはもっとめずらしく美味なぼた餅があるそうでございます！」

「ほう、それはどのようなぼた餅なのじゃ？」

「えーと、なんでも黄緑色のぼた餅なのだそうでございます！」

こまりの演技はのちに語り継がれるほどのひどい大根ぶりであった。

「ほう！　黄緑のぼた餅とは見てみたいのぅ」

「しかし、城の料理番は見たことも聞いたこともないとおっしゃっておりました」

「なんと情けない。今すぐ黄緑のぼた餅をつくれる料理人を集めてまいれ。最高のぼた餅をつくった者に褒美をとらす」

「殿！　領内は飢饉でそれどころではないのですぞ」

「ええい、黙れ！　その愚痴はつまらぬ。聞き飽きた！　余はもっと美味な食べ物の話が聞きたいのじゃ！」

芝居ながら、こまりはなんとひどい馬鹿殿であることかとあきれた。

隼之助が物語をねった台本はじつに判官びいきが過ぎる代物であった。

ご公儀に咎められはしないのかと肝を冷やすほど殿様は悪しざまに描かれ、これでもかと農民は虐げられ、いじめぬかれている。

そのなかで妖盗野槌が颯爽とあらわれ、天誅をあたえるのである。

廻り舞台が回転し、ふたたび荒れはてた農村へ舞台がうつった。

「腹がへった……」

「この木の皮は俺のもんじゃ……」

「いや、わしが先に見つけたんじゃ……、わしによこせ……」

農民たちは食べ物を探して、ふらふらと周囲を漂っている。

まるで餓鬼であった。

だが動ける者はまだいい。倒れこんで、ぴくりとも動かない者もいる。

「聞いたか？　城のなかじゃ、菓子職人を集めてこれでもかとぼた餅をつくらせておるらしい」

でであった。


「ぼた餅か……。食いてぇなぁ……」

「餡子なんて生まれてこのかた食ったためしもねぇべ」

そこへ煙幕があがる。派手な音楽が鳴り響いた。

すっぽんと呼ばれる舞台の小さな切り穴から飛びだしたのは妖盗野槌を演じる隼之助であった。

本物とは違い、きらびやかで派手な衣装を身にまとっている。

般若の面もつけていない。

隼之助が飛びだした瞬間、黄色い歓声が飛びかった。

さすがは看板役者だ。

まるで隼之助だけ、お天道様の光が降り注いでいるかのようなまぶしさであった。

「飢えた農民を蔑ろにし、富をむさぼる鬼畜の所業。言語道断である！」

野槌になりきった隼之助は透きとおった声を響かせた。

「この美食妖盗賊野槌、ぼた餅を盗み、うつつを抜かす為政者を懲らしめてやろう！」

隼之助は舞台の中央に躍りでて啖呵を切る。

こまりは舞台袖で、自分の知っている野槌とは似ても似つかぬ義賊を複雑な思いでながめていた。

観客たちは固唾を呑んで隼之助の怪演に魅入っている。

みな、隼之助の言動、たちふるまいに酔いしれている。

野槌の正体が本当に宗右衛門であったのなら……。

この芝居のような義賊であったならばゆるせただろうか。

こまりを捨て、むかえにすらきてくれなかった宗右衛門を。

生きていたことすら伝えてくれなかった宗右衛門を。

そもそも、いまだに怒っているのかすらわからない。

もし野槌が宗右衛門であったのならどうしたいのか。

たしかめてなにがしたいのだろう。

夫婦《めおと》にもどりたいのだろうか。もう一度やりなおしたいと思っているのか。

盗賊をやめさせたいのだろうか。

こまりはおのれの気持ちがよくわからない。

今でも恋焦がれているというにはあまりにも年月がたち過ぎていた。

傷が癒えたともいえない。

流した涙と月日の経過とともに傷口は厚いかさぶたとなって心の奥深くに眠った。それでも触れないだけで傷跡はくっきりと鮮明に残っている。

あなたは今どこでなにをしているの？

記憶のなかの宗右衛門にいくら問いかけてもこたえはでなかった。

舞台が回転し、こまりの出番がやってきた。

こまりは頬を叩いて、気合をいれなおす。

物語も終盤だ。野槌が大たちまわりを演じる一番の見せ場がひかえている。

またせりふを噛んで、とち狂うわけにはいかない。

「このぼた餅はなんじゃ」

「きゅうりのぼた餅でございます」

「武士にきゅうりを食わせるとはなにごとか。この者を死罪にせよ！」

「おゆるしを！　どうか命だけはお助けくだされっ」

命乞いをして泣き叫ぶ菓子職人が一人、ひきずられ、つまみだされていく。

「このぼた餅はなんじゃ」

「わかめのぼた餅でございます」

「まずい！　まずいものを食わせた罰じゃ。この料理人を死罪にせよ！」

殿様の横暴はどんどんひどくなっていく。

「ええい、本物の黄緑のぼた餅はまだ手に入らんのか！」

殿様は苛だち、大声で小姓を呼ぶ。
こまりは重箱を持って、うやうやしく殿様の前にでる。
「今しがた届きました！　これが仙台名物、ずんだ餡のぼた餅でございます――！」
その時、煙幕があがった。
一番の目玉、野槌の出番だ。
黄色い歓声があがった。
「ええい、曲者じゃ。であえ、であえーっ」
殿様が叫び声をあげた――その時。
こまりの目の前で、殿様の肩に棒手裏剣がつき刺さった。
「え？」
こまりは唖然とした声をこぼした。
殿様は叫び声をあげて倒れた。
肩をおさえて、のたうちまわる。
観客は殿様の怪演に固唾を呑んで見入っている。
まだ芝居だと信じこんでいる。
だが、こまりは知っている。これは演技などではない。

稽古を通してもこんな展開は一度としてなかった。

こまりははっとして舞台のせりをふりかえった。

そこにいるはずの野槌は隼之助ではない。

白髪をなびかせ、般若の仮面をかぶった大男——本物の妖盗野槌がそこにいた。

「我は求めり。我が飢えと渇きを満たす究極の食材を。あぁ、腹が減った。空腹で狂い死にそうじゃ——」

「本当に現れたな、妖盗野槌！」

こまりはぼた餅の入った重箱を抱え、後ずさる。

本物だと露見すれば客席は大騒ぎとなる。

こまりは必死に芝居をつづけた。

芝居小屋は異様な空気につつまれていた。

「いつまでも茶番につきあうつもりはないぞ。さっさとぼた餅をよこせ」

野槌は喉の奥で薄ら笑いを浮かべ、舌なめずりする。

こまりは静かに抜刀した。

「おのれ、よくも殿を！　その首、もらいうける！」

野槌を討ちとってやる。そのためにここまできたのだ。

「邪魔だてするなら殺すまで」

野槌は棒手裏剣を繰りだした。

「危ない！」

突然押し飛ばされて、こまりは壇上に転がった。

「ハーハッハ！　我こそは天下の大剣豪、鬼月銕之丞である！　妖盗野槌！　貴様の首は今日こそ俺様がもらいうけるっ」

銕之丞の濁声《だみごえ》が舞台上に響きわたった。

突然の闖入者《ちんにゅうしゃ》に観客からどよめきが起こる。

「野良犬が何匹でてこようがおなじこと」

野槌が銕之丞へむかい、ふたたび棒手裏剣を放った。

銕之丞は横っ飛びで飛び退る。

間合いを一気につめて、銕之丞は野槌に切りかかった。

「隼之助をどこへやったの！」

こまりは起きあがるとぼた餅の重箱を抱えこみ、野槌にむかって叫んだ。

野槌はしれっとこたえた。

「我の偽者なら顔だけは傷つけないでくれとさっさと逃げていったが」

「嘘でしょう！　薄情者！」

もはや野槌を捕らえられるかは銕之丞の手にかかっていた。

銕之丞は斬りかかって、攻めつづけた。

これでもかという一撃を次々と放っていく。

だが、野槌は憎たらしいほどに軽々とよけていく。

「火盗改メのひよっこよ。すこしは肝が据わったか」

野槌は仮面ごしにうっすらと笑った。

「だが、まだまだ剣が軽い。この青二才が！」

野槌の足払いをうけて、銕之丞は激しく転んだ。

「銕之丞！」

激しい攻防戦に客席から歓声があがった。

「さっさと死ね」

「やめなさい！」

頭上にふりおろされた重い一撃をこまりは必死になってうけとめる。

激しい鍔迫り合いのすえ、こまりは刀を弾き飛ばされた。

野槌が脇差で突き殺そうとする刹那、こまりは間一髪、足を滑らせて転がった。こまりは舞台に投げだされた重箱を渡すまいと重箱に覆いかぶさる。

野槌は床に突き刺さった脇差から手を放し馬乗りになって、こまりの首を絞めた。

「ぼた餅を寄越せ……」

こまりは苦しさに顔をゆがめた。

「うぅ……、やめ……」

腕の力が強まっていく。

「宗右衛門様……、宗右衛門様なんでしょう……」

こまりは息苦しさにうめきながら手をのばした。

般若の面ごしに目が合う。

こまりのふるえる手が野槌の面に届こうとした——その時。

「今だ、やれ！」

隼之助の声がどこからか響いた。

その刹那、舞台の底がぬけた。

こまりは野槌もろとも奈落の底へ落下した。

砂埃が舞う。だが落下の衝撃はなかった。

こまりと野槌はひとつの網に捕らえられて宙に浮いていた。

ろうそくは衝撃でかき消えた。

奈落は新月の闇夜のように真っ暗闇だ。

こまりは網のなかで激しくむせた。

「はやく灯りをつけろ！」

騒がしい声がして、提灯を持った人の群れが近づいてくる。

「よし、よくやった！　とうとう野槌を捕らえたぞ！」

隼之助のはしゃぐ大声が聞こえた。

「隼之助！　あんた、逃げたんじゃ……」

「フン。この俺が尾っぽを巻いて逃げるわけないだろう。そんな生き様は美しくない。

奈落へ落とす罠の陣頭指揮を執っていたのだ！」

隼之助はふんぞりかえって高笑いをした。

「どうだ、野槌！　観念してお縄につけ！　もう逃げられぬぞ」

「これ以上、近づくな。この女を縊《くび》り殺すぞ」

野槌はこまりをはがい絞めにした。

野槌の太い腕はいとも簡単にこまりの首をへし折りそうであった。

「ばか！　下手打ちやがって！」

「だが、あのままじゃ、こまりが死んでいたかもしれんのだぞ」

ヤスが駆けつけ、隼之助に噛みついた。

だが味方同士でいがみあっている場合ではない。

野槌の動きは迅速だった。一瞬の隙をついて癇癪玉を投げつける。

爆発音が響きわたり周囲は白煙に包まれた。

「くそ！　まだこんなものを隠し持っていたか！」

混乱のなか野槌は網を刃で切り姿を消した。

こまりを抱えて。


こまりは野槌に連れ去られ、橋の下に身を隠していた。

日は沈みかけ、あたりは薄暗い。

足もとには桔梗《ききょう》の花が咲いていた。

「これから、どうするつもりなの」

こまりは野槌に密着したまま訊いた。

野槌とこまりの腕には切れた網が複雑にからまりあい巻きついている。

逃走の間際にほどく暇もなく、こまりごと連れ去るしかなかった。
「もうすぐ日が暮れる。日没を待って遠くへ逃げる」
野槌は淡々とこたえた。
燃え盛るような西日が野槌の面を紅く照らしていた。
野槌はもどかしそうにからまりあった網を小刀で切っている。
「どうして、あたしを殺さないの」
こまりは野槌の太くごつごつとした指を見つめながらささやいた。
人質など邪魔なだけである。
こまりの腕を斬り落として逃げ去ってもおかしくない。
だが野槌は押し黙ったまま、こまりの問いにはこたえなかった。
こまりはもどかしさに唇を噛んだ。
「さっさと殺せばいいじゃないの」
こまりはそっと面に手をのばした。
野槌はすこしも抵抗しなかった。無心でからみついた網をほどいている。
野槌の手つきは残酷非道な強盗とは思えぬほど繊細でやさしかった。
こまりの手で面がはがれ落ち、野槌の素顔が現れる。

こまりは固唾を呑んだ。

忘れるはずもない顔がそこにはあった。

他人の空似と呼ぶには似すぎている。

「そんなに似ているか。宗右衛門という男に」

野槌はぼそりとつぶやいた。

「宗右衛門様を知っているの？」

こまりは前のめりになってたずねた。

「ねぇ、宗右衛門様なんでしょう？　あたしがわからないの？」

だが野槌は眉ひとつ動かさない。

能面をかぶったままのように無表情だった。

「さぁ。我はなにも知らんのだ。生まれ故郷も家族も自分の名前すらも。おまえのことも なにひとつわからぬ」

「なにも覚えてないってこと？」

こまりの問いかけに野槌は肯定も否定もしなかった。

「気がついたら江戸にいた。どうやって江戸にやってきたのか、江戸でなにをするつもりだったのか。それまでどうやって生きてきたのか家族はいるのかなにも思いだせなかった」

野槌の横顔は西日に照らされ、孤独でさびしげに見えた。

せつなげな声で鈴虫が鳴いている。

「……我のなかにあったのは飢えだけだった」

からまった網がすこしずつほどけていく。

「とても深い飢えだった……。食べても食べても満たされない……。なにを食べても我のなかには空虚な飢えがあった」

「ずっとずっと一人ぼっちだったのね。ひとりで食べるご飯はおいしくないもの」

こまりはぽつりとつぶやいた。

野槌はふいに手をとめて、こまりをじっと見つめた。

「こころの底からうまいものを食べた時、我はほんのすこし、満たされた気がした。大切ななにかを思いだせそうな気がした。おのれが何者であるのか……わかる気がした」

野槌はぽつりぽつりと胸のうちを吐露した。

「だから大名家や商家を襲って美食を求めていたのね」

「義賊になりたいわけじゃない。ただ食べても食べても埋まらぬ飢えを満たしたいだけだ。おのれが何者なのか知りたいだけだ」

「それですこしはなにかわかったの」

「わからない。まだなにも」

野槌はふいにこまりの頬に触れた。

「だが、おまえのにおいはなつかしいような気がする。だから殺すのはおしいと思った」

宗右衛門に触れられたようで、こまりは胸がきつく締めつけられた。

ずるい。宗右衛門とうりふたつの顔でそんな言葉を聞きたくなかった。

こまりはかさぶたをほじくりかえされて、傷口をえぐられている気がした。

こまりはたまらなくなって袖を強くにぎった。

「ねぇ、ひとつ約束して欲しいの」

「なんだ」

「おねがい。もう二度と人を傷つけないで」

「約束などできぬ。我の邪魔だてをする者は排除するよりない」

「あなたのためにいっているの。記憶をとりもどした時、つらい思いをするのはあなただわ。どこかにいるあなたの大切な家族が傷つくかもしれない」

野槌はふっと柔和に笑った。

「でしゃばりでおせっかいな女だ」

宗右衛門に笑いかけられたようで、こまりの胸はからくり時計のようにとくとくと脈を打った。

野槌はふいに遠い目をした。

「黄緑のぼた餅を食べてみたかった。さすれば、なにか失くした思い出をひとつ、とりもどせたかもしれぬ……。大切な誰かを思いだせたやもしれぬ」

「そんなのうちへくればいくらでも食べさせてあげるのに」

野槌はどこか悲しげに目尻をさげた。

「やっとほどけた」

からまりあった網糸がほころぶ。

野槌はこまりから離れるとなにごともなかったかのように面をつけた。

その場の気配が一変する。

般若の面をつけた野槌はこころを閉ざしたように思えた。

冷酷で残忍な阿修羅のように。

「すこし長く話しすぎた。次、邪魔だてすれば容赦はせぬ。覚悟しておけ」

「待って！　あたし、居酒屋をやってるの。小毬屋って店よ。今度ご飯を食べにきて。

そうしたらいくらでも食べさせてあげる。黄緑のぼた餅だっていくらでもつくるわ」

「俺はおたずね者の賞金首だ。誰かと馴れあうつもりは毛頭ない」

降りそそいだ声はもとの冷たく冷徹な野槌の声だった。

こまりは野槌の背中にすがりついた。

「待ってってば。店の裏手に投げこみ寺があるの。だったらそこの無縁仏にお供えしておくわ。気がむいたら食べにきて」

「神仏への供え物を勝手に食えというのか？　罰あたりな女だ」

お面の下で野槌があきれるように笑った。

「賞金首のおたずね者にいわれたくないわ」

こまりはふんとそっぽをむいた。

野槌のこたえはなかった。ただ喉の奥でかすかに笑っただけだった。

野槌はふりむくことさえなく疾風のごとく去っていく。

「ねぇ、絶対よ！　絶対だからね！」

こまりは遠く離れていく小さな背中にむかって叫んだ。

いつしか日は暮れ、無数の星が天にちりばめられている。

どこかで呼子笛の音が鳴った。

第四献　たまごの奇才

晩夏も過ぎ去り、すっかり涼しくなった秋の宵のことであった。

一時は客足が遠のいていた小毬屋だが近ごろは客足がもどりつつあった。

芝居小屋で販売したぼた餅弁当が好評で、小毬屋に足を運んでくれる客が増えたことが大きかった。

女の常連客もすこしずつではあるが増えている。

隼之助も時折、芝居の演目にあわせた弁当作りの依頼を小毬屋に注文してくれるようになり、小毬屋の経営はなんとかたてなおったといっても過言ではなかった。

こまりはいくぶんか肩の荷がおりた心地であったが、水毬屋の再興を考えれば資金はまだまだ足りなかった。

莫大な資金を得るためには、小毬屋を江戸の人気店におしあげて売り上げをもっとのばさなければならない。

そのためにはなにをすべきか悩み、考える日々がつづいている。

そう簡単に答えはでないが、今夜は久々の満席でこまりは一生懸命にこころをこめて給仕をした。

ヤスも昨夜は献立が決まらずにうなっていたものの今ではすっきりとした顔で無心に包丁をふるっている。

こまりは注文を求める客がいないかとあらためて店内を見まわしていた。

すると常連客の玄哲がとっくりをにぎりしめながら、うとうとと舟を漕いでいることに気づいた。

玄哲の膝のうえでは、ひじきも真似をするようにすやすやと眠りについている。

とっくりからは今にも酒がこぼれ落ち、ひじきの頭のうえに降りそそぎそうだった。

こまりは見るに見かねて玄哲の肩をゆすった。

そっとやさしく声をかける。

「どうしたの、玄さん。今夜はなんだかとっても眠たそうね」

「いや、昨日はあまり寝ていなくてね……」

玄哲は重そうなまぶたを持ちあげた。

眼をこすりながら大きく口をあけてあくびをする。

ひじきもつられて小さな歯をのぞかせてあくびをした。

玄哲の目にはくっきりとした隈《くま》ができている。

こまりはなんだか心配になった。

「どうしたの？　なにか悩みごと？　またわけありの無縁仏が投げこまれたとか？」

玄哲は近所にある投げこみ寺の住職だ。

投げこまれる亡骸は薄幸美人な遊女が多いらしい。

玄哲は美女は見飽きたというなんとも無礼ないいわけで小毬屋に通いつめる風変りな住職である。

玄哲はけろりとして、気だるげにひらひらと手をふった。

「ちがいますよ。本を読みはじめたらやめられなくてね」

あくびがとまらず、玄哲の眼にはうっすらと涙がにじんでいる。

「あら。眠るのも忘れるくらいおもしろい本なの？　なんていう本？　あたしも読んでみようかしら」

「やめときな。姐さんじゃまくらがわりにして、よだれを染みこませるのがオチってもんだぜ」

ヤスが馬鹿にしてヤジをいれた。

「なによ、失礼ね。あたしだって本を読む素養くらいあるんだから」

こまりはふくれて、ぷいっとそっぽをむく。

「それでどんな本なの？」

「江戸生艶気樺焼《えどうまれうわきのかばやき》という黄表紙ですよ」

玄哲はようやく目が覚めてきたようだ。

手酌で酒をあおりながらこたえた。

「どんな話なの？」

こまりはわくわくとこころをおどらせた。

眠れなくなるほど夢中になる物語とはいったいどんな話なのだろうか。

ぜひ読んでみたいものだ。

玄哲は頬をゆるませて饒舌に語りだした。

「艶二郎という男がいて醜男ながらうぬぼれが強くてね。もてようとあれこれと画策するんだがどれも失敗する。滑稽な話でね」

玄哲は思いだしたのか肩をゆすって笑いはじめた。

「いやあ、戯作者の山東京伝先生は希代の異才ですな」

「山東京伝先生？　どこかで聞いたことがあるわ」

こまりは首をかしげた。

「そりゃあ有名な先生だからね。おもしろい黄表紙や洒落本《しゃれぼん》をたくさん書いている」

玄哲は深くうなずき、山東京伝の本がいかにすばらしいかを熱弁した。

「粋で洒落ていてね、それでいてすとんと胸に落ちてくる。読みはじめるといつの間にか気持ちを重ねていて紙をめくる手がとまらなくなるのですよ」

「玄さんは山東京伝先生が本当に大好きなのね」

こまりは泉のように湧きあがる賛辞の数々にすっかり感心した。

こまりもおもしろい本を読むのは好きだが恋する乙女のように次作を待ち焦がれている作者はいなかった。

玄哲のようにひいきの作者がいるというのがうらやましい。

新作を手にした時のうきうきとわくわくは、まるで宝石にふれるようなよろこびであるにちがいない。

そこへこまりと玄哲の会話にふいに割ってはいってきた客がいた。

「こちらのお坊さんに冷やおろしを一杯。勘定はあっしが払いますんで。あっしにつけてくだせぇ」

「あら、伝蔵さん」

その客は近ごろよく店に顔をだすようになった伝蔵という男だった。

伝蔵は質屋の主《あるじ》だという。

ひょろりと痩《や》せぎすで腰の低い人の好さそうな若旦那である。

「いいんですか？　なんだか、悪いなぁ」

玄哲は降ってわいた幸運に上機嫌でつるつるの坊主頭をなでた。

「でも、どうして玄さんに？」

こまりはふしぎで首をかしげた。

「いやあ、あっしも京伝先生をひいきにしていましてね。褒め言葉を聞いていたら、なんだかうれしくなっちまって」

伝蔵ははずかしそうにぽりぽりと頰をかいた。

玄哲はさらに頰をゆるませる。

「同志でしたか。なにを水臭い。こちらへきて一緒に一杯やりましょう」

「ご相伴してもよろしいんで？」

「もちろんです。京伝先生への想いを朝まで語りあかそうじゃありませんか」

玄哲は眼を爛々《らんらん》と輝かせて手招きする。

先ほどまでの眠気はどこへいったのやら。すっかりふっ飛んだようだ。

「朝までって。店は刻限がきたら閉めますからね」

こまりの忠告も酔っぱらいの耳には届いていない。

「そんなことより肴だ。長芋のわさび漬けはあるかい」

「ありますよ。すぐお持ちするわね」

だが、こまりも追加の注文がたくさん入るのならばねがったりかなったりだ。

伝蔵もうれしそうにとっくりを持って玄哲のとなりへうつった。

二人は膝をつきあわせてたがいに酌をしあう。

玄哲の京伝びいきは法螺《ほら》ではないようで、次から次へと作品の名が飛びだしてはあれがいい、ここがいいと賞賛した。

伝蔵は幾度もうなずいて、玄哲の賛美に聞き惚れている。

話の内容は小難しく、こまりにはさっぱりわからない。

だが玄哲と伝蔵がすっかり意気投合し、とても楽しそうなのは伝わってくる。

二人のこんな楽しげな顔を見たのははじめてで、こまりもなんだかうれしくなってきた。

「それにしてもゆるせねえのはご公儀のむごい仕打ちです」

玄哲の声音がふいに低くなる。

玄哲は眉間にしわを刻みながら恨みぶしをもらした。

伝蔵も神妙な面持ちで強くうなずいた。

「なにかあったの？」

こまりは気になって思わず口をはさんだ。

「京伝先生の描いた黄表紙の挿絵がお咎《とが》めをうけて過料処分となりやして」

伝蔵が暗い眼ざしでつぶやいた。

「あら、その先生はお話だけではなくて絵も描くの」

「京伝先生は絵師であり戯作者であり狂歌師でもある。とても多才なお人なのですよ」

「そんなすごい先生がどうしてお咎めをうけたの？」

「そんなものただのこじつけです。田沼老中の失脚をちゃかした罰とのことだが、拙僧にはとてもそうは見えませんでした」

「でも京伝先生のお咎めはまだ軽いほうですぜ。その黄表紙の作者の石部琴好先生などは手鎖のうえに江戸所払いですからね……」

玄哲も伝蔵も暗い顔でがっくりと肩をおとし、うなだれた。

老中田沼意次が失脚したのは数年前のことだ。

きらびやかで派手好きだった田沼にかわって老中となった松平定信はまじめで厳格な人物で、飢饉対策の厳しい倹約令を推し進め、政治批判を禁じた。潔癖で窮屈な政治は娯楽を楽しむ風紀すら禁じ、戯作者や浮世絵師たちに暗い影をおとした。

なにが引き金となってお咎めをうけるかわからない。

手足を縛られたも同然で京伝もまた懊悩《おうのう》が絶えぬらしい。

京伝の新作は過料処分以降、まだ世に発表されていなかった。

新作を心待ちにしている玄哲や伝蔵にとっても悔しい思いがあるようだ。

こまりはなんと声をかけるべきか、なぐさめの言葉を考えあぐねていた時だった。戸がひらき、目つきの悪い男たちが店になだれこんできた。

「いたぞ、伝蔵じゃ」

「毎晩、どこぞへふらつきおって。吉原通いがおさまっても酒好きはおさまらねええってわけか」

「今日という今日は一緒にきてもらいますぜ」

男たちは伝蔵の首根っこを捕まえようとする。

「嫌なこった！」

伝蔵はすばやくたちあがり、こまりの背に隠れた。

「ちょっと。あなたたち誰なの？　伝蔵さんのお店の人？」

こまりは伝蔵をかばいながら、両手をひろげて通せんぼをする。

男たちはちらりとこまりを盗み見た。

「知らねえほうが身のためだぜ」

「さっさとその男をひきわたしてもらおうか」

「嫌だ！　あっしは帰らねぇぞ」

こまりのうしろで伝蔵は叫んだ。

「伝蔵さんも嫌がっているわ。あんまりしつこいと自身番を呼ぶわよ」

こまりはじろりと男たちをにらんだ。

「なんだ、おまえら。穏やかじゃねぇな。俺のいる店で暴れようってのか？」

ヤスが騒ぎを聞きつけて厨房からでてくる。

ヤスがぎろりとにらみつけるとたんに男たちの態度が変わった。

「ちっ。咎犬のヤスじゃねぇか」

「なんだってこんなところに」

「今日のところはずらかるぞ」

そそくさと男たちは尾っぽを巻いて店をでていった。

伝蔵がほっと安堵の息をもらす。

「大丈夫？　あの人たちはいったい何者なの？　なにか厄介な悩みごとを抱えているんじゃない？」

こまりは心配でたまらず、伝蔵の顔をのぞきこんだ。

伝蔵の顔は血の気がひき、障子のように真っ白だった。

「女将さんに話したところで詮のない話なんでさ……」

伝蔵は申し訳なさそうにぽつりとつぶやく。

「なんの役にもたたないかもしれないけど、話せばすっきりするかもしれないわよ」

こまりは放ってもおけずにもうひと押しするが伝蔵は口を閉ざし、うつむいたままだ。

「拙僧でよければ力になりますよ」

玄哲も声をかけたが伝蔵は小さく頭をふった。

「これ以上、みなさんに迷惑をかけるわけにはいかねぇ。今宵はこれにて帰らせていただきやす」

「もうすこし呑んでいったら？　あの男たちがまだ近くにいるかもしれないわよ」

こまりは気が気ではない。

ひきとめたが伝蔵はひょうひょうと頭をさげた。

「すいやせん。陽気に酒を呑む気分ではなくなってしまいやして。抜け道を知ってますんで大丈夫です。ちょっとお勝手口を拝借させてくだせぇ」

伝蔵はこそ泥のようにそそくさと勝手口から忍びでていった。

とたんに店のなかは嵐が去ったあとのように静まりかえった。

「なんだったのかしら。心配だわ。大丈夫かしら」

こまりはあまりのこころもとなさに店のなかをぐるぐると歩きまわった。

うしろ髪をひかれる思いである。

「今からでも追いかけてつれもどしたほうがいいわ。一人で夜道を歩くよりも小毬屋にいたほうがずっと安心よ」

「また厄介ごとに首をつっこもうとしてやがるな？　誰にでも人にいいたくねぇことのひとつやふたつは抱えているもんだ。もう気にすんな」

ヤスは額に彫られた犬の字の入れ墨を隠すように手ぬぐいを巻きなおし、素っ気なく言い放った。

ヤスの冷たい態度に、こまりはむっとした。

「だいたい、ありゃどうみても借金とりだろうがよ。吉原通いがどうとかいってたしな。人が好さそうな顔をして、身代を食いつぶして逃げまわっているんじゃねぇのか」

「そんなことないわ。伝蔵さん、いつも金払いはいいもの」

こまりははっきりと断言した。

このところ、伝蔵は毎夜のように小毬屋へ通いつめていた。

だが一度も支払いをしぶったことはない。

伝蔵は先ほども迷惑をかけたと多すぎるほどの金子を残していった。

身形《みなり》も小綺麗にしているし、金子に困った生活をしているようにはとても見えない。

だからこそ、こまりは伝蔵が心配だった。

「なにか、やっかいなもめごとを抱えて、悩んでいるんじゃないかしら」

「あほ。だからといって俺たちがでしゃばることはねぇだろうが」

「そうかもしれないけど……」

ヤスにこづかれ、こまりは言いよどむ。

もやもやと霧が晴れないような心持ちだった。

「やくざ者に目をつけられて、小毬屋が代わりにゆすられたらどうするつもりだ」

「それをあんたが言う？」

「まぁ、俺がいるかぎり小毬屋には指一本触れさせねぇがな」

ヤスは鼻息荒く、まくしたてた。ヤスはヤスなりに小毬屋を大切に想ってくれているのだ。

もともと店をゆすっていたのは咎犬のヤスであったのに、今ではすっかり番犬である。

「まぁ、待ちましょう。今は難しくとも時がきたら、おのずと話してくれるかもしれませんよ」

まだ心の火種はくすぶっていたが、玄哲にさとされてこまりもしぶしぶうなずいた。


それからしばらく音沙汰のなかった伝蔵がひょっこりと顔をだしたのは、七日ほど経ってからだった。

その日は日中から肌にまとわりつくような小雨が降りつづけていた。

「いやあ、小毬屋の味が恋しくなっちまいやしてね」

伝蔵はひょうひょうとふるまい、暗い顔は一切見せなかった。

「おや、これは玄哲殿じゃありませんか。また眠そうですな」

伝蔵は目ざとく玄哲を見つけ、近寄った。当然のように玄哲のとなりに腰をおろす。

「これはこれは、伝蔵殿。じつはずっとあなたがやってくるのを待ち焦がれていたのですよ。近ごろは『息子部屋』を読んでいましてね。いや、おもしろいのなんの」

玄哲も先ほどまで舟を漕いでいたはずだが水をえた魚のように生き生きとしだした。

「京伝先生の博学には舌を巻きますよ。とくに遊里のくわしさには舌を巻きます。そうとう色里を勉強なされたな。はっはっは」

二人はたがいに酌をしあって、また京伝の話に花を咲かせている。

「ああ、はやく京伝先生の新作が読みたいなぁ……」

玄哲がなにげなく、そうつぶやいた時だった。

こまりは伝蔵の顔にかすかに暗い影がさしたのを見逃さなかった。

その時である。

「探したぜ、伝蔵」

「ずいぶんと逃げまわってくれたな。やっぱり、この店を張っていたのは正しかったぜ」

またいつぞやのゴロツキが姿をあらわした。

「おまえら、また！」

伝蔵はうまく撒いたと思っていたのだろう。おどろいて目を見張っている。

「あんたたち、まだ伝蔵さんを追いまわしていたの」

男たちが伝蔵につめよろうとするので、こまりは伝蔵をかばうようにして前にでた。

「邪魔だ、女。どきやがれ」

「痛い目、見てえのか」

ゴロツキが荒々しく声をあげる。だが、こまりは一歩もひかなかった。

「邪魔なのはあなたたちよ。伝蔵さんはうちの大切なお得意さまなの。商売の邪魔をしないでくれる？」

「なんだと？」

ゴロツキがこまりの胸ぐらをつかみあげる。

こまりは抵抗してゴロツキの手首をつかんだ。

一触即発の雰囲気が漂う。

「もう俺のことは放っておいてくれ！」

伝蔵が叫んだ。

こまりはおどろいて、ふりかえる。

伝蔵は膝からくずれ落ちるように頭を抱えてうずくまった。

「借金とりのように追いまわされても書けねえもんは書けねえんだ！　もう俺の居場所

を奪わないでくれ。小毬屋は俺がやっと見つけた憩いの場なんじゃ！」

こまりの知っている伝蔵とは声音も口調もまるで別人だった。

伝蔵は感極まってわっと泣きだした。

ゴロツキたちはたがいに顔を見合わせ、途方に暮れたように困り果てている。

「どういうこと？　書けないって？　この人たちは借金とりじゃないの？」

こまりは事態がのみこめず、唖然とするばかりだ。

「それはわしから説明させていただきましょう」

屈強な男がひとり、店のなかへはいってくる。

男を一目見て、ゴロツキたちはさっと身をひいた。

男はがたいのいい長身で腕などは熊のように毛深く太い。

精悍な顔だちに無精ひげをたくわえている。

ゴロツキたちの元締めといった風貌である。

「あなた、誰？」

こまりはうさん臭そうに男をながめた。

「わしは蔦屋《つたや》重三郎と申す者です」

男は低い声で意外にも丁寧に頭をさげた。

「蔦重だって？」

玄哲はおどろいて声をあげた。

「玄さん、このおじさんのこと知ってるの？」

「蔦重を知らない？　このおかたはね、江戸随一の本の版元だよ」

「版元って？」

「京伝先生の本を刷って江戸中に売っているお店の人だ」

「へぇ、堅気の人だったの。あたしはてっきりやくざの元締めかと思ったわ」

こまりは感心した。立派な仕事ではないか。

「よく言われるぜ、女将さん」

蔦重はにやりと笑った。

そこには商売の厳しい世界を生き抜き、吸いも甘いも知りつくした商売人の顔があった。

「で、その蔦重さんがどういったご用で伝蔵さんを追いまわしているのかしら？」

考えもなしに感心している場合ではない。

こまりは腕を組み仁王だちになって蔦重と対峙した。

こまりとて小さな店を守る商売人である。

口先でも態度でも負けるわけにはいかない。

ましてや女だからとなめられるのがこまりは一番嫌いだ。

「伝蔵ってのはそいつの本名だがね。伝蔵の正体こそ山東京伝その人なのさ」

蔦重は真剣な面持ちで暴露した。

「え！」

こまりは絶句した。

あいた口がふさがらないとはまさにこのことだった。

伝蔵は頭を抱えて、嗚咽《おえつ》まじりに泣き叫んだ。

「俺の才は枯れはてた！　今はもうでがらしのお茶みてぇなもんだ！　どうか放っておいてくれ」

「このとおり京伝先生は煮つまっちまいやしてね。締切もとっくに過ぎているというのに、夜になるとふらっとでかけたまま、ちっとも帰ってきやしねぇ」

蔦重は苦虫を嚙みしめた顔を浮かべ青息吐息だ。

「息抜きになるのなら吞み歩くのもいいがね。ひと文字も進んでいねぇとあっちゃ、我々も心配でね」

蔦重は嗚咽まじりに泣きじゃくる京伝を溜息まじりに見つめた。

蔦重の瞳には深い慈愛がこもっている。

「思いつめるあまり無理心中でもしでかさねぇかと気が気じゃねぇもんで。わしのところへ一度つれてこいと若い者をむかわせたんだが逃げられてばかりでね」

蔦重は小さく嘆息した。

蔦重の外見は強面《こわもて》でやくざの親分のようだが悪人ではなさそうだ。

こまりは借金とりではなくてよかったとほっと胸をなでおろす。

だが伝蔵の正体がわかったところで、すこしも落着してはいなかった。

「俺はもうだめじゃ。黄表紙からも洒落本からも足を洗う。もうなにも書けはしねぇんだ……。隠居させてくれ……」

京伝はぽろぽろと大粒の涙をこぼしながら、かぼそい声をふるわせた。

「先生。あんたは俺が見こんだ男だ。こんなところで終わっちまう男じゃねぇ。どうかおちついて、こころのおもむくまま筆を走らせておくんなせぇ」

蔦重がやさしい声で京伝の肩をぽんと叩く。

だが京伝は駄々《だだ》をこねる子供のように大きく頭をふった。

「無理じゃ。それに思うままに書いたらまたご公儀から咎めをうけるやもしれぬ。さすれば版元の蔦重さんにも迷惑がかかる」

「なあに。ご公儀が怖くて、おもしろい書物をつくれるかってんだ。だから先生。あんたは気のむくまま、こころの動くまま、筆を走らせりゃあいいのさ」

蔦重は胸を張り、大きな啖呵を切った。

だが京伝はべそをかいたまま、たちなおる気配はなかった。

「うう……。できぬ……。なにも頭に浮かんでこない……。やはり俺は凡才になってしまったのだ……」

「この一件、あたしにまかせてもらえませんか」

こまりはみるにみかねて名乗りをあげた。

「姐さん！　また余計なことに首をつっこみやがって！」

ヤスの怒声をこまりは聞き流した。

「女将さんが？　黄表紙の黄の字も知らねえあんたになにができるっていうんだい」

蔦重は値踏みするようなするどい眼光で、こまりを凝視した。

蛇ににらまれた蛙のように、こまりは身がすくむ。

だが怖気づいている場合ではない。

こまりは毅然と胸を張った。

「難しい本のことはわからないわ。でも、あたし、本をつくるのと料理をこしらえるのって似ていると思うの」

「ほほう。おもしろいことをいう女だね。どうしてそんなことがいえるんだ？」

「だって料理をつくる時って真っ先に食べてくれる人のことを考えるでしょう。食べてくれる人のために、舌が落ちるような料理を手間暇かけて考えるんです。旬の食材や好みとか味つけとか毎回考えます。おなじ料理はひとつとしてないんです」

　こまりは泣きじゃくったままの京伝の背中をそっとやさしくなでた。

「本だって、先生が読んでくれる人のために工夫をこらしてどうしたらおどろいてくれるか楽しんでくれるかって考えるでしょう？　やっぱり料理とおなじだわ」

「一理ある」

　蔦重はおもむろに深くうなずいた。

「あたしたちだって新しい献立が思いつかなくて、なやんだり試作を重ねたりするんです。うまくいかなくて何度も失敗することだってあるわ。だから不調でなにも思いつかない時の伝蔵さんの気持ちもわかるんです」

「大先生と一料理人が肩をならべて、えらそうなことをいいやがらあ」

　ヤスはあきれてちゃかした。こまりはむっとする。

「ヤスだって昨日献立が思いつかなくて、うんうん唸っていたじゃないの」

「まぁな。喉元まででかけている気がするんだが思案がまとまらなくてよ。切れの悪い糞みてぇによ」

「汚い言葉はやめてよね！」

京伝がふいに顔をあげた。

京伝はうさぎのように目を真っ赤に腫らしていた。

「教えて欲しい。なにも献立が思いつかない時はどうするんだ？」

こまりは京伝の手をとってやさしく語りかけた。

「いったん、料理のことは忘れるの。頭のなかをからっぽにして、なにも考えないでゆっくり過ごすのよ。散歩したり秋の虫の声を聴いたり買い食いしたりして気ままに過ごすの」

「そうするとふしぎと名案が浮かんできたりするんだよな」

こまりの言葉にヤスも相槌を打つ。

だが京伝は不満げに眉間にしわを寄せた。

「それならもうためしたぞ。毎晩、頭をからっぽにして呑み歩いてもなにもひらめかなかった。それでもだめな時はどうするのだ？」

「そんな時は開きなおって、ひたすら料理をつくりまくるわ」

こまりは腕をくんで、よい献立が思いつかぬ夜をじっくりと脳裏に思いかえした。

「頭が働かない時はとにかく手を動かすの。なじみの料理をたくさんつくれば、なにか妙案がふいに思いつくかもしれないわ」

「そうだろうか……。手習いはあくまで手習い。それだけで斬新なひらめきを得られるとは思えぬ……」

京伝はながい不調の袋小路に迷いこんでいるせいで、とても疑りぶかい。

「やはりなにをやってもひらめかぬのだから、俺の才は枯れはてたのだ……」

京伝は不安にかられ、ふたたび声を細くふるわせた。

こまりは京伝の煮え切らず、うじうじとした態度にしだいに苛だってきた。

「それなら、あたしがあっとおどろく、誰もみたことのない料理をつくってみせるわ。そんな料理を食べたらひらめきが湯水のごとく湧いてくると思わない？」

「ほう。こまり殿が？　たしかに斬新な料理を食べればよい刺激となって、なにかひらめくかもしれぬな……」

京伝はいぶかしげな視線をこまりに投げかけた。

「されど、まことにそんな料理がつくれるのか？」

「まかせて！　小毬屋の名にかけて江戸中がひっくりかえるような料理をつくってみせ

るわ」

こまりは勢いにまかせて啖呵を切った。

「だから京伝先生も前むきになって。あきらめなければきっと光がみえるはずよ。あたしも手伝うから」

「なるほど。そこまでいうのならお世話になりましょう。新作が書きあがるまで、京伝先生のお世話を頼みますよ」

蔦重は、ひらめいたとばかりにぽんと手を打った。

「京伝先生にはしばらく泊まりこみで、この店で暮らしていただきましょう」

「泊まりこみだって？　うちは旅籠じゃねぇぞ」

ヤスが耳をうたがった。蔦重は淡々と話をすすめていく。

「我々も毎夜京伝先生をさがして歩くのはなかなか手間でね。なじみの店がきっちりと面倒をみてくれるのであれば安心だ」

蔦重は目をほそめて笑った。

「料理人もいるし、執筆に熱中するあまり食事を忘れ、飢えて倒れることもない」

「病気でもないのにご飯を食べないの？」

こまりはおどろいて目を瞬いた。

こまりなど飯と酒がなによりの楽しみで、どんなに忙しくとも食事を忘れるなど考えられない。

「それがあるのですよ。だから我々も先生から片時も目が離せないのです」

蔦重は苦笑を浮かべた。

「こころしてご飯を食べさせないとね……」

「姐さんまでなに面倒みる気になってんだ。せまい店だ。寝泊りする場所なんざねぇぞ」

ヤスが嚙みつくがこまりも蔦重も平然としている。

「なら裏手にある長屋のひと部屋を借りあげましょう。あいていなければ金子を渡してしばらく部屋をあけてもらえばいい」

蔦重がしれっと言った。

「俺が住んでいる長屋じゃねぇか！　あき部屋なんざねぇぞ」

「京伝先生のためよ。ヤスの部屋をあけてあげたらいいじゃないの」

こまりも蔦重の肩をもつ。

京伝は放っておいても戯作を書きあげるかもしれないが、それまでにどこかで飢えて野たれ死ぬかもしれない。

こまりの目の届くところにいてくれたら、なにかと世話もやけるし安心だ。

「ふざけんじゃねぇぞ。俺はどこに寝泊りすりゃあいいんだ」

「店のすみで雑魚寝《ざこね》でもすればいいわ。雨風をしのげれば充分でしょ」

「雑魚寝なんて冗談じゃねぇ」

こまりはそっとヤスに耳打ちした。

「おねがい、ヤス。あたしにいい考えがあるの。うまくいったら商売繁盛間違いなしよ。だから、ここは耐えて」

こまりは意地汚い笑みをうかべて、ヤスの退路を断った。

「いいわね？　これは店主の命令よ」

「汚ねぇぞ、小毬屋のためなら断れねえだろうが」

ヤスが口惜しそうに臍《ほぞ》を噛む。

「どうか先生がたまげるような料理をつくって、先生のお力になってやってください。どうぞ先生をよろしくおねがいします」

蔦重にも深々と頭をさげられてはヤスも無碍にはできない。

「戯作が書きあがったら、さっさとでていってもらうからな」

ヤスはしぶしぶと了承した。

「その代わり、ひとつ頼みがあるの」

こまりは咳払いをして、本題を切りだす。

「ほう、頼みとは？」

蔦重の鋭い眼光がきらりと光る。

「京伝先生の本ができたら小毬屋の宣伝も載せてほしいの」

「つまり先生の本に小毬屋の引き札を差し込めってことですかい？」

引き札とは折り込み広告、つまりチラシのことである。

「ええ、そうよ。引き札に載せる文も京伝先生に書いてもらいたいの」

「はっはっは。流行作者の京伝先生に引き札を書かせようとは抜け目のない商魂ですな」

こまりが鼻息荒く要求すると蔦重は呵々大笑した。

「いいでしょう。ま、京伝先生が新作を書きあげたらの話だがね。京伝先生もそれでいいかい？」

「ああ、かまわない。引き札を書く仕事なら過去にもしたことがあるしね」

京伝はうつろな目で頷いた。

こまりは、こころのなかで小躍りしてよろこんだ。

京伝の本に小毬屋の引き札が差し込まれれば、江戸中、いや日本中に小毬屋の名前が知れ渡るに違いない。

それに京伝が長く逗留した店だと話題になれば、玄哲のように京伝びいきの客が押しかけてきて、あふれかえるやもしれぬ。

こまりは頭のなかで、せわしなく算盤をはじきつづけていたのだ。

「そうと決まれば、誰もがあっとおどろく料理をつくるわよ！」

こまりはめらめらと燃えさかる炎のようにこぶしをつきあげた。

翌朝は雲も高く澄みわたった晴天で朝露が草花を濡らしていた。

「それにしても誰もがたまげる料理かぁ」

こまりは頬づえをついた。

膝のうえでは、ひじきがじれるように転がっている。

こまりはひじきの鼻を指先でなでた。

「おまえを食べるわけにはいかないしねぇ。塩辛にしたら美味しいかもしれないけど」

昨晩は京伝と約束しただれもがおどろく料理を考えながら寝床についたのだが、結局、妙案はなにもうかばないまま眠りにおち、気づけば朝になっていた。

「おい、やめろ。おそろしい女だな」

ヤスが慌てて、ひじきを抱きかかえて、逃がした。

ヤスは凶悪な外見とは裏腹に生き物好きで面倒みのいい男なのだ。

「まったく、また性懲りもなく安請けあいしやがって」

今夜のしこみのため、ヤスは器用な手つきで野菜の皮むきをこなしながらぶつぶつと文句をたれている。

「だってあんなに困っているのに放っておけないじゃないの。やるっきゃないわ水毬屋の復興がかかっているんだもの」

こまりは気合をいれて頬を軽く叩いた。

「いざって時の姐さんの商魂には舌を巻くぜ」

「ももんじはどうかしら。滅多に口にするものじゃないわ」

ももんじとは鹿や猪、馬といった獣肉のことである。

この時代、肉食の習慣はなく薬喰いと呼ばれた。

「際物《きわもの》だが誰もがおどろくわけじゃねぇしな。それに俺は臭みが好きじゃねぇ」

表むきは禁忌とされているがももんじ屋は存在する。

滋養強壮の薬だったのである。
「どうしよう！　なにも思いうかばないわ」
今度はこまりが頭を抱える番だった。
京伝の追いつめられて泣きじゃくっていた気持ちが痛いほどよくわかる。
こまりも大見得をきった手前、投げだすわけにもいかない。
「なやんだ時は一度忘れて、頭のなかをからっぽにするんじゃなかったのかぁ？」
ヤスがからかって、にやにやと笑う。
内心ではおもしろがっているのだった。
だがヤスの言葉も一理ある。
「そうだわ。買い物がてら散歩にいってくる。頭のなかをすっからかんにしてね」
こまりは外にでることにして重い腰をあげた。
厨房にひきこもっていても埒《らち》が明かなそうだ。
ヤスに逐一茶々をいれられては考えごとに没頭できない。
こまりは店をでるとあてもなくふらふらと道を歩いた。
日差しはやわらかく穏やかな昼下がりであった。
頬をやさしい秋風がなでる。

二匹の赤とんぼが金色に輝く頭の重たげなすすきの合間をじゃれあうように飛んでいく。

「まずはどんな食材を使うか考えないとなぁ……」

こまりは道ばたに咲く名も知らぬ花をぼんやりとながめながらつぶやいた。

漫然と考えていてもこたえはでない。

「さんま、さんまだよ～」

その時、こまりの横をぼてふりが威勢よく小走りで通り過ぎていった。

こまりははっとした。

「そうよ。さんまだわ」

ちょうどさんまが旬の時期である。

「ちょっと待って。さんまくださいな」

こまりは慌てて、ぼてふりを追いかけた。

ぼてふりはすぐにこまりに気がついてたちどまる。

天秤棒《てんびんぼう》をおろし、じっくりとさんまをみせてくれる。

こまりが桶をのぞきこむと、さんまは腐らぬように塩漬けにされていた。

「今年のさんまはふんだんに脂が乗っておすすめだよ」

ぎょろりとした眼は澄んで全体に光沢が残っていた。新鮮なあかしである。今朝、水揚げされたばかりなのだろう。

「本当ね。まるまると太ったさんまが多いわ」

こまりはうきうきと声をはずませた。

「でしょう？　お買い得ですぜ」

ぼてふりは愛嬌のある笑みをうかべてもみ手をした。

こまりはふと思いたってたずねた。

「ねぇ、なにかさんまの変わった食べかたを知らない？」

「変わった食べかたですかい？　さんまはそのまま塩焼きにするのが一番ですぜ」

ぼてふりはきょとんとした。

だが、こまりはめげずにつづけた。

「みんながたまげる料理をつくりたいの。だからただの塩焼きじゃ満足できないのよ」

「そりゃあ難しい注文だ」

ぼてふりは腕を組んで、考えこむ。

すると別のぼてふりが通りかかり、話に割りこんできた。

「それなら、うちの豆腐をさんまにはさんでみるってのはどうだい？」

「豆腐をさんまにはさむですって？」

こまりがおどろくと豆腐売りのぼてふりはにやりと笑った。

「刻みねぎ、大葉なんかをくわえた豆腐をこねてよ、おろしたさんまの身にはさんで焼くんだよ。うまいぜ？」

「豆腐をはさんで焼くなんてありなのかしら？」

こまりはつくったことのない料理に首をかしげた。

だが、豆腐売りはしたり顔で自信満々だ。

「なにをいってやがらぁ。さてはお客さん、豆腐百珍を知らねえな？」

「豆腐百珍ってなあに？」

「めずらしい豆腐料理がたくさん載っている料理本さ。江戸じゃあ、ずいぶん流行ったんだぜ？　豆腐百珍には焼き豆腐の料理もたくさん載っているしな」

「料理の本！　ぜひみてみたいわ。どんな料理が載っているのかしら」

こまりは想像するだけで胸が弾んだ。

豆腐売りは、こまりの食いつきのよさに気をよくして饒舌に語りだした。

「たとえば豆腐百珍のなかに雷《かみなり》豆腐って料理があるんでさ。あっしもよくつくるんだがこれがまた酒に合うんでさ」

「へぇ！　それはどんな料理なの？」

　酒の肴になると聞いては黙ってはいられない。

　こまりは興味津々で身を乗りだした。

「鍋に油をいれて豆腐とねぎを炒めるんだ。よく焼けたら醤油で味をつけて鰹節をふりかける。焼く時にバリバリと雷のような音がするから雷豆腐ってわけさ」

　豆腐売りはうっとりとしながら熱っぽく語った。

「醤油の焦げたにおいにねぎの甘味とふんわりとした豆腐の食感がまたたまらねぇ」

　こまりは想像するだけで口内に唾液が広がり、手の甲で口もとをぬぐった。

「とっても美味しそうね。帰ってさっそくためしてみるわ」

「待ちな。肝心の豆腐がなきゃ、ためせないだろう？」

「もう商売上手なんだから」

　こまりはさんまと豆腐を買い、晴れやかな気持ちで帰路についた。


「うわぁ、どうしたの、これ！」

　こまりは厨房にもどるとおどろきの声をあげた。

山盛りのたまごがざるいっぱいにのっている。

たまごはひとつひとつが大きく、まるで磨きたてのとんぼだま（ガラスだま）のようにつややかだった。

たまごは滋養もあり高級品だ。

軽々しく手に入るものではない。

「おけぇり。蔦重さんからだ。京伝先生にうまいもん、たらふく食わしてやってくれってよ」

ヤスが頬を上気させながら告げた。

こまりも興奮して飛びはねた。

「こんなにたくさんのたまご、はじめてみたわ！」

「俺もだ。こんなつけ届けをされちゃあ、もうあの先生を見放すわけにはいかねぇよな」

つっけんどんな言い方だがヤスも頬がゆるんでいる。

「どう料理しようかしら。わくわくするわね」

こまりは新しいおもちゃを手にいれた無邪気な子供のようにこころをおどらせた。こまりの士気はうなぎ登りである。

「さっそく料理にとりかかるわ。気合をいれなくっちゃ」

こまりは腕まくりをして前だれをつけた。

「なにか思いついたのか？」

「ええ。ぼてふりからとてもいい話を聞いたの」

こまりは籠からさんまをとりだした。

「さんまか。新鮮そうだ。今が旬だし刺身にするのもいいな」

ヤスは興奮するひじきを抱きかかえて舌なめずりをする。

「ただの刺身じゃ、京伝先生はおどろいてくれないわ。でもその前に一杯。つまらない顔でつくった料理がおもしろいわけないわ」

こまりは冷やおろしを湯飲みになみなみとそそいで、くいっと気風よくあおった。

こころがほわほわとして、からだが軽くなった気がした。

酒を呑んでいる時のほうが頭もやわらかくなり、ひらめきがある。

こまりはさっそくこころをおどらせて、さんまをさばきはじめた。

胸びれの下に包丁をいれ、頭を切りおとす。

わたをかきだして念入りに身を洗う。

丁寧な手つきで三枚におろし、できるだけ綺麗に骨をとりのぞく。

こまりは時折冷やおろしを口にふくみながら、さんまの身をつまみ食いした。
さんまの身はぷりぷりと歯ごたえのいい弾力があって酒も進む。
もう一口がなかなかとまらない。つい余計に食べ過ぎてしまった。
さんまの下ごしらえをすませたら次は豆腐である。
鍋に水気を切った豆腐をいれ、やさしくほぐしていく。
途中から微塵《みじん》切りにしたネギをまぜあわせる。
さんまの身に豆腐のたねをのせ、さらにさんまの身でふたをする。
だが、どうにも不安定で今にも豆腐がこぼれおちそうだ。
「このままだと焼いた時、くずれそうよね……。そうだわ」
こまりはひらめいて、ぽんと手を叩いた。
くずれぬように四枚ほど大葉を巻きつける。
さらに食べやすい大きさに切りわけた。
こぼれおちそうなところは大葉で重ね、つつみこんで形を整える。
こまりは丁寧に串をさすと網にのせ、七輪で焼きはじめた。
さんまの焼ける香ばしいにおいが次第に充満していく。
「なんだか、すごくいいにおいがしますね」

京伝が裏の長屋から鼻をひくつかせてやってきた。

まるで花の甘い蜜に吸い寄せられた蝶である。

こまりはまちかまえていたカマキリのように目をほそめて、ほくそ笑む。

「お腹空いたでしょう。酒落本の進み具合はどうですか？」

「それが全然だめでね……。まだひと文字も書けていないんだ……」

京伝は陰鬱な顔でうなだれる。同時に大きな腹の虫が鳴り響いた。

「腹が減っては戦はできぬといいますし！　まずはごはんにしましょう！」

こまりは京伝の手をひき、開店前の店内にひきいれた。

京伝のまめだらけのほそい指先はとても冷えていた。

温かいごはんで、身もこころもほっこりと癒してほしい。

こまりはさんまのはさみ焼きを皿にのせ、膳の上においた。

焼きたての香ばしいにおいが食欲をくすぐる。

「なんだい、これは」

京伝は食いいるような眼ざしで興味深そうに、はさみ焼きを凝視している。

「どうぞ。食べてみてください」

京伝はさっそく串をつかみあげると熱々のはさみ焼きを口もとに運ぶ。

ふぅふぅと息を吹きかけてからおそるおそるかじりつく。

「んんっ。ふっくらとやわらかいな、こんなふわふわなさんまの身は食べたことがない……」

京伝は、ゆっくりと咀嚼して味わいながら感嘆の吐息をもらした。

「さんまの身には、なにがはさまっているんだい？」

京伝はふしぎそうに首をかしげた。

「豆腐です。さんまの身で豆腐をつつんでいるんですよ」

「なるほど。口のなかでふんわりと豆腐がほぐれて、さんまのやわらかな身ともよく合う……。塩味が利いていてさっぱりしているから食べやすいな。とてもやさしい味だ」

京伝ははさみ焼きがとても気にいったようだ。

はふはふと息を吐きながら串にかじりついている。

「こちらもどうぞ」

こまりはもう一品、どんぶりを京伝の前にさしだした。

「これは？」

「蔦重さんから新鮮なたまごをいただいたので、さんまの蒲焼でたまごとじ丼をつくってみました」

こまりは得意げに胸を張った。

ほかほかのご飯のうえにさんまの蒲焼が一口の大きさに切りわけられ、敷きつめられている。黄金に輝く半熟のたまごが真ん中に堂々と鎮座している。

京伝は一目見て、頬をゆるませた。

さっそく箸《はし》に手をのばし、どんぶりを勢いよくかきこむ。

「やわらかい蒲焼にとろとろとしたたまごがからみあって口のなかで蕩けるようだ。こりゃあ、すきっ腹に染みるな。何杯でもいけそうだ」

京伝は舌鼓を打ちつつ、あっという間に二品をたいらげた。

どんぶりには米粒ひとつ、残っていない。

こまりは京伝の喰いっぷりに大満足だ。

これだけよろこんでもらえたのだから、きっとなにかよいひらめきが得られたのではないかと期待がふくらむ。

「どうですか、先生。なにか思いつきそうですか？」

「う〜ん……」

京伝は口はしに米粒をつけたまま腕を組んで、首をひねった。

「なにか喉元まででかかっている気がするんだが……。だめだ。どうにもまとまらぬ」

京伝は眉間にしわを寄せてうなる。

「なにかもっとこうガツンとこころをゆさぶられるおどろきがありゃあ、ひらめきそうなんだが……」

さんまの豆腐はさみ焼きや蒲焼のたまごとじ丼は味はよかったものの京伝におどろきの着想をあたえるには遠くおよばなかったらしい。

「だめでしたか……」

こまりはがっくりと肩をおとした。

「それじゃあ、こいつはどうでぇ！」

ヤスが颯爽とあらわれ、京伝の前に皿をひとつおいた。

こまりは度肝をぬかれ、おどろきの声をあげた。

「なに、これ！」

「たまごのふわふわだ」

ヤスはどうだとばかりに胸を張った。

器にはその名のとおり、あふれんばかりにふくれあがったふわふわのたまごがのっている。まるでやわらかな毬《まり》のようである。

強面のヤスがつくったとは思えないほど繊細で見た目も愛らしい。

たまごのふわふわは箸をいれただけでつぶれてしまいそうだ。

「どうだい、先生よ。おどろいたろ」

ヤスは得意げに京伝の顔をのぞきこんだ。

だが京伝はどうにもうかない顔である。

「たまごのふわふわは知っています。以前、料亭で食べたことがありまして……、正直、飽き飽きしているんです」

京伝はぼそりとさみしげにつぶやいた。

「それもそうか。えらい先生だもんなァ」

ヤスは悔しげに頭をかいた。

「有名な料理なの？　あたしは見たことも聞いたこともなかったわ」

こまりは、おどろきもしない京伝にたまげてしまう。

「庶民にはなかなか手のとどかない高級料理さ。でも江戸一番の戯作者ともなれば、料亭でもてなされることも多いだろうよ。俺の負けだ」

「もう満腹ですし部屋にもどります。文机のうえで無心に書き散らしていれば、なにか思いつくかもしれませんし……」

京伝はたまごのふわふわに手をつけることもなく、つまらなそうなしらけた顔で裏の長屋へもどっていった。

「せっかくだからあたしがいただくわね。もったいないし」

こまりはひったくるように器を抱えこんだ。

こまりの胸はみたこともない料理に高鳴りっぱなしである。

こまりはさじでひとすくいし、大口をあけて頬張った。

「まぁ！　口のなかにいれたとたんに溶けてなくなっちゃたわ！　まるで甘い雲を食べているみたい！」

こまりは感動すらおぼえた。

たまごのふわふわはとても甘くまろやかだった。

頬が蕩け落ちるのではないかと思わず頬にふれてたしかめたくらいだった。

「どうやってつくったの、これ」

こまりはたまごのふわふわがふしぎでしかたがない。

どんな工夫をこらせばこんなやわらかに仕上げることができるのか。

「たまごの白身をひたすらまぜるんだ。すると泡だってくる。そんで熱い昆布と鰹節の出汁に流しこむってわけさ」

「よくこんな料理を知っていたわね。なんだかんだ文句ばかりいうけどやっぱり頼りになるわ」

こまりは尊敬のまなざしをヤスへむけた。

ヤスは照れくさそうに鼻の頭をかく。

「昔、料理屋で修行していた時に耳にしたことがあってよ」

こまりは感心しきりである。

「つくったためしはなかったんだが蔦重さんに感謝だな。もっとも先生は箸すら、つけてくれなかったが」

「ねぇ、今度、新しい献立にいれましょうよ。京伝先生はお気に召さなかったけどきっと人気がでるわ。女の子は大好きよ」

こまりは、若い娘の常連客を増やしたいという野望をまだあきらめてはいなかった。

「見ためは可愛らしいがなかなかしんどい力仕事だぜ。腕がしびれちまった」

ヤスは苦笑しながらいたわるように手首をなでた。

「注文が一気にきたら腕がいかれちまうな」

「二人だけじゃ腕がたりなそうね。ひじきの手も借りたいくらいだわ」

こまりは二人で延々とうなりながら白身をまぜている姿を想像し、げっそりとした。

「値段もそれなりに高くなるぜ。うちの店にくる客だってなかなか手がでないだろうよ」

「それもそうか。たまごは高級品だもんねぇ」

「ま、無理に背伸びしなくともよ、小毬屋の味も俺は好きだぜ。おふくろの味みたいでよ」

　こまりは頭のなかで算盤をはじいた。

仕入れ値ばかりが高くつき注文がはいらなければ大赤字だ。

赤字になって店がつぶれては意味がない。

「う〜ん。今日はあたしもヤスも負け戦のようね……」

　こまりはたまごのふわふわをせっせと口に運んだ。

「こんなに甘くてやわらかいのに食べ飽きているだなんて、なんて手強いのかしら。あたしだったら毎日食べたいわ」

「料理で人をおどろかせるってのはなかなか難儀なもんだな」

　ヤスがしみじみとぼやく。

開店前だというのに、ヤスの顔にはすっかり疲労がうかんでいる。

骨折り損のくたびれ儲《もう》けとはまさにこのことだ。

「でも、まだあきらめたわけじゃないわ。なんだか悔しい。絶対に先生がおどろく料理をつくってみせるわ」

今日の敗戦がこまりの負けず嫌いのこころに火をつけた。

それは松明《たいまつ》のようにはげしく燃え盛っている。

「なにか、あてでもあるのか？」

「先生は高級料理より庶民の味のほうがお口に合うみたいね」

「そりゃ、そうだな。高級料理なんざ、食べ飽きているみたいだからな」

「だから、もっと庶民の食べ物で先生が今までに食べたこともない料理をつくるのよ」

こまりはたまごのふわふわのだし汁を飲み干しながら新たな決意を胸に秘めた。このままでは小毬屋の沽券《こけん》にかかわるというものだ。

なんとしてでも京伝をおどろかせる料理をつくらなければ。

「あの先生は博識だし、なかなかの食通だぜ。食ったこともねぇ料理なんかつくれるかねぇ」

ヤスは半信半疑で首をひねった。

「調べてみるわ。今日いいことを聞いたの」

「いいことってなんだ？」

「豆腐百珍って書物よ。豆腐のいろんな料理法が載った書物なんですって。調べてみたら、違う料理の本もたくさんあるのかもしれないわ」

「なるほどな。文献をあされば先生も食ったことがねぇめずらしい料理法が載っているかもしれねぇな」

ヤスはあごに手を添えて深くうなった。

ヤスとて京伝をおどろかせられなかったことが悔しくてたまらないのだ。

わかりやすいほどはっきりと顔に書いてある。

「でも、料理の本ってどこへいったら手に入るのかしら？」

肝心の書物がなければどうしようもない。

こまりは困り果てて途方に暮れた。

「さァね。俺は学がねぇからよ。書物なんざ、開いたためしもありゃしねぇよ」

「そうだわ。やっぱり餅は餅屋よね」

こまりはふと名案を思いついて、拍手を打った。


翌日、いわし雲が高い空をゆったりと流れていく。

穏やかな昼八つ（午後二時ごろ）。

こまりは蔦重のもとを訪ねた。

洒落本や黄表紙、錦絵などの版元である地本問屋がずらりと軒をつらねる日本橋通《とおり》油《あぶら》町に蔦重の店はあった。

通りのなかでも立派な店がまえで、『耕書堂』という看板を掲げているのが蔦重の店だった。

店先は多くの錦絵や書物が積み重なっている。

耕書堂は紙や墨、顔料などがいりまじった独特のにおいで満ちていた。

こまりは目に入るものすべてがめずらしかった。

丁稚にとりつぎを頼んだあとはおちつきなく、きょろきょろと店内をみまわした。

「やァ、いらっしゃい」

蔦重は突然の訪問者を快く迎えいれてくれた。

「昨日はたまごをたくさんありがとう」

こまりは深々と頭をさげる。

蔦重は店先にどっしりと腰をおろした。

「あの先生は書き物をはじめると夢中になって寝食を忘れるからね。たまごで健康が保てるなら安いもんさ」

「で、今日はどうしたんだい」

　蔦重は豪快に笑う。

　蔦重の声音はやさしいが眼の奥は笑っていない。

　こまりがなにをいいだすか商売人として注意深く見守っている。

「相談があるの」

　こまりは単刀直入に切りだした。

「なにか手にいれたい食材でもあるのかい？」

「違うわ。蔦重さんは豆腐百珍って本を知ってる？」

「そうさね。あれは今から八年前の天明二年ごろに江戸で大流行した書物さ。たしか版元は大坂の春星堂藤屋善七だったかね」

　蔦重は流暢に語りはじめた。やはり餅は餅屋である。

「豆腐百珍みたいな本ってほかにもあるのかしら？」

「もちろんさ。あのころは似たような料理本が大流行してね。『大根百珍』に『鯛《たい》百珍』、『甘藷《いも》百珍』、『柚珍《ゆうちん》秘密箱』、いろんな料理本がでたものさ」

「でも、その本を全部買い集めるのって大変よね？　誰かもっている人を知らない？　京伝先生のためにいろんな料理の書物を読みあさってみたくなったの」

「ほほう。勉学に熱心なお人じゃなあ」

蔦重は感心してうれしそうに目尻をさげた。

「京伝先生のためとあっては一肌脱がないわけにはいけませんな」

「ぜひ、おねがいします!」

こまりは地面に頭がつきそうなほど深々とお辞儀をした。

「いい人をご紹介しましょう。ちょうど今、江戸へきていると知らせがはいった人物がいましてな。これもなにかの縁ですな」


こまりは足早に大伝馬町へもどった。

蔦重から聞いた長屋はすぐに見つかった。

山のようにうずたかくたまった本が外へはみだしていたからである。

「すみません。ごめんください」

こまりは長屋へ足を踏みいれた。

日あたりの悪いその部屋はかび臭く、埃が舞っていた。

「すごい書物の数だわ……」

ところせましと本棚がならび、みっしりと書物がつまっている。

足の踏み場もないほどびっしりと書物が積みかさなっていた。

賽《さい》の河原の鬼もここまで見事に積みあげられたら満足するにちがいない。

「ごめんください。誰かいませんか？」

こまりは声をはりあげるものの長屋の奥は薄暗いばかりで、人の気配はまるでなかった。

「誰もいないのかしら……」

こまりは興味本位で書物の塔に手をふれようとしたその時。

「危ない！　さわるなっ！」

背後から大声があがると同時に書物の楼閣が崩壊した。

その刹那、男がこまりをつき飛ばす。

こまりは軽く押しとばされ、尻もちをついた。

なだれに巻きこまれて男は生き埋めになっている。

書物の山から一本の腕がにょきっと生えていた。

「うう……」

苦しげな声が書物の下から聞こえてくる。

「あの大丈夫ですか?」

こまりは慌てて生き埋めになった男の腕を引っぱりあげた。

男は書物をかきわけて、半身を起こす。

浅黒い肌によれよれの着物をまとった中肉中背の男であった。

「ああ、俺の大事な書物たちが……」

男が真っ先に口にしたは書物の心配だった。

男は悲しそうに本を拾いあげては埃をはらい、丁寧に積みあげなおしている。

つきとばされて尻もちをついたこまりを案ずる声はひとつもかからない。

「あの……、蔦重さんの紹介できたんですが、あなたが大野屋《おおのや》惣八さんですか?」

書物の汚れを懸命にはらっていたその男——大野屋惣八はわずらわしそうに顔をあげた。初めてこまりに気づいたかのように目をほそめる。

「あんた、誰だい?」

「あたしはこまりと申します。この近くで居酒屋をやっています」

「居酒屋ァ? 居酒屋の女主人が俺になんの用だ?」

「本を貸してほしいんです。蔦重さんに、大野屋さんは江戸一番の書物の蒐集家だとお聞きしました。大野屋さんがもっていない書物はないって」

だが大野屋はぷいっと横をむいた。

「なんで俺が見知らぬ女に大切な書物を貸してやらなきゃならねぇんだ。嫌なこった」

そこまで無碍にあしらわれるとは思わず、こまりはあいた口がふさがらない。

「大野屋さんは貸本屋ではないのですか？」

「違う。俺は薬屋じゃ」

「薬屋？　どこが薬屋なんですか？　貸本屋にしかみえないですけど」

こまりは目を見張った。この長屋のなかは書物のほかはなにもおかれてはいないではないか。

「俺ァ、尾張からきたんだ。店は尾張にあって時折商売で江戸へくる。この長屋は江戸滞在中にすこし買いあつめた本をおいておくために間借りしているだけだ」

すこしってとんでもない量である。

惣八は不服そうにそっぽをむいた。

「俺のかわいい蔵書を見ず知らずの女に貸すなんざ、おぞましいね」

「お金を払います。それでもだめですか？」

こまりは上目遣いにしなをつくってみたが無駄だった。

大野屋は砂利でも嚙みしめているような苦渋の顔をした。

「だめじゃ。俺は貸本屋じゃない。たとえ百両積まれたって、かわいい愛書は一冊も貸さねぇぜ」

こまりはじっと大野屋をながめ検分した。

この男はなによりも書物を愛する変人のようだ。ならば……。

「大野屋さんは山東京伝先生の書物はお好きですか？」

山東京伝という名前を耳にした瞬間、大野屋の目の色が変わった。

「山東京伝だって？　さてはおまえ、山東京伝先生の書物が目当てだな。もちろん俺は山東京伝先生の書いた本はすべてもっている。汚れた時のためにすべて三冊ずつ保有している」

大野屋は鼻高々に胸を張った。

「誰よりもはやく山東京伝先生の新作を読みたくありませんか？」

「なんだって？　だがご公儀のお咎めをうけて以来、京伝先生は、失意のどん底で新作を書く気力もないともっぱらのうわさだぞ」

「京伝先生は新作を書こうとがんばっています。あたしは先生のめしあがる料理をつくっている者でして。すこしでも先生のお手伝いがしたくて、先生がおどろく料理をさがしているんです」

「先生の賄い婦だったのか。先生のたっての頼みとあらば本を貸してやらぬこともないぞ」

賄い婦というわけではないがいちから話すと長くなる。

こまりはくわしい経緯は伏せて、話をつづけることにした。

「いえ、あたしが本を借りたいんです。先生におどろくような料理を食べさせてあげたくて。そのために豆腐百珍や大根百珍といった料理の書物を貸してほしいんです」

「なかなか見上げた根性の賄い婦だな。気にいったぞ」

「貸してくれるんですか？」

こまりは胸をおどらせた。

「俺が貸した本で京伝先生が旨い飯を食う。旨い飯を食った先生に力が湧いて新作が生まれる。新作が生まれたら先生の新作を待ち焦がれている江戸中の人間たちが幸せになる。いたれりつくせりではないか。ちょっと待っていろ」

大野屋はたこのように器用に身をくねらせて、長屋の奥へはいっていく。

暗くてよくみえないが書物が落ちる音がして、埃が高く舞った。

「あったぞ。これはどうだ？」

大野屋は這いつくばるようにでてきて一冊の書物をさしだした。

「これはなんですか？」

「万宝《まんぽう》料理秘密箱。ようするにたまご百珍じゃ。不満か？」

「いえ、不満どころか大満足です！」

こまりは小おどりして歓喜した。

蔦重からもらったたまごはまだたくさん残っている。

たまご百珍があればいろんな料理に活かすことができる。

「ありがとうございます！」

こまりは書物を胸に抱いて深々と頭をさげた。

だが、大野屋は口をとがらせて難色をしめした。

「おいおい、まだ誰も本を貸すとはいってねえぜ？」

「え。貸してくれないんですか？」

「いや、貸してやる。ただし、ふたつ約束しろ」

「なんですか」

「ひとつ、山東京伝先生が食べた料理とおなじものを俺も食ってみたい。ふたつ、先生の新作は誰よりもまず先に俺に読ませろ」

「わかりました！　約束します」

ひとつめの約束は果たせるがふたつめの約束は確実に果たせるかどうかわからない。

だが、こまりは威勢よく返事をし、たまご百珍を抱きかかえて大野屋の長屋をあとにした。


たまご百珍を熟読して五日ほど経ち日も暮れかかったころ、こまりは買いだしを終えて小毬屋にむかった。

北風が吹き殴り、こまりはかじかむ手にそっと白い息を吹きかける。

小毬屋につくと、ヤスが料理の下準備をしながらひじきとじゃれあっていた。

「今にも雪でも降りだしそうな寒さね。京伝先生、凍えてないといいんだけど……」

こまりは即座に火鉢に手をかざし、ほっと一息つく。

「まぁ、こんな寒い日は身体の芯からぽかぽかと温まる料理がいいだろうな」

「で、今日はなにをつくるんだ？　ちったぁ、京伝の野郎がおどろく料理を思いついたんだろうな？」

「もちろん。今夜はあたし、自信あるのよ」

「で、なにをつくるんだ？」

「こころもからだもぽかぽかに温まる奇想天外びっくりおでんよ！」

こまりは、前かけをつけて気をひきしめるとさっそく下ごしらえにとりかかる。

まずは大根の皮をむき、厚めの輪切りにして面取りをする。

面取りとは、野菜の角を浅く削いでまるくすることで、煮くずれを防ぐ効果がある。

それから大根の表面に十字の切り込みをいれた。味をよく染み込ませるためである。

「大根は米のとぎ汁で下ゆでするといいぜ。米粒もほんのちょっとだけ入れておくといい」

ヤスはちょうど米をといでおり、とぎ汁と幾ばくかの米粒を一緒に鍋にいれて寄こした。

「そうなの？　ありがとう」

「ま、小毬屋の宣伝のためだ。せいぜい気張りやがれ」

こまりはありがたくうけとり、鍋に大根をいれて火にかけた。

煮たつ間ににんじんも皮を剝き、乱切りにして水につけておく。

大根も下ゆでがすめば水にさらしておく。

こんにゃくも浅く格子の切り込みを入れて三角に切り、熱湯にさらして、くさみを抜いた。

「よし。次は大事な出汁をとるわよ」

こまりは昆布をとりだし濡らした手ぬぐいで軽く拭くと、包丁でいくつか切れ目をいれた。

鍋に水を入れて昆布を底に沈め鰹節を投入し、火にかける。

ぐつぐつと沸騰する寸前で昆布をとりだし、鰹節をさらに加えて火をとめた。

鰹節が沈んだら鰹節もとりだし、みりんと濃口醬油をくわえてさらに煮込む。

「ずいぶんと濃い煮汁じゃねぇのか？」

ヤスが心配そうに鍋を覗き込んだ。

こまりはおたまで出汁をすくって小皿に移し、味見をした。

じーんと温かな出汁の甘みが啌内に広がった。

「江戸のおでんは濃口醬油が定番なの。これでいいの」

こまりが得意げに胸を張るとヤスは頭をぼりぼりと掻いてぼやいた。

「へーへー。俺は鍋の底が透き通ってみえるくらいの京風の味が好きなんだがなぁ」

「煮汁が透き通っているくらいじゃ、京伝先生はおどろかないわよ」

「そういう話じゃねぇよ」

ヤスのつっこみを無視して、こまりは煮たった出汁のなかにゆっくりと丁寧に大根を投下していく。

「おいしいおでんをつくるコツは具を入れる順番をきちんと守ることなのよね」

出汁の味が染み込む時間は食材によって異なる。

ここで面倒くさがって一気に具材を投じると煮込みすぎた具材はくずれてくたくたになり、うまみが流れて出汁が濁ってしまう。

まずは味が染み込むまで時間のかかる大根を弱火でことこと煮込み、次にたまごやこんにゃくをいれていく。さらに時が経ったら、結びこんぶやちくわだ。

練り物は食べる直前に入れるくらいでちょうどいい。

「で、どのへんが奇想天外なんだ？　普通のおでんじゃねぇか」

ヤスは鍋を覗き込み、首をひねった。

「まぁ、見てらっしゃい。からくり師もびっくりの仕掛けがあるのよ」

こまりは、ふふんと鼻を鳴らした。

おでんの下準備に追われているうちに日もとっぷりと沈み、げっそりと頬のこけた京伝がふらふらとおぼつかない足どりで店へやってきた。

「今日もひと文字も書けませんでした……」

京伝は暗い顔でうなだれ、鬢《びん》をかき毟《むし》る。

この様子ではそのうち毛も抜けおちて髷も結えなくなってしまうやもしれぬ。

あまり眠れていないのか目の隈もひどい。

「俺はもうだめだ！　使いふるしのぼろ雑巾も同然じゃ。絞っても絞ってももうなにもうかびやしない……！」

京伝はすっかり追いつめられ、憔悴しきっている。

食事はきちんととらせているが痩せほそった気がする。

「先生、おちついて」

こまりは京伝の痛ましい姿をみていられず、そっと肩に手をおいた。

「お腹がすいているから弱気になって不安になるんです。まずはお腹いっぱいご飯を食べて力をつけましょう」

「すまぬ。しかし、今日はもう食欲がなくてな……。なにも食べる気がしない……」

「ひとくちだけでもいいですから。近ごろはもっぱら冷えてきたので今夜はおでんにしてみたんです。温かいご飯を食べたら、すさんだ気持ちもおちつきますよ」

こまりは赤子をあやす母親のようにやさしくほほえみかけた。

「おでんか。たしかにこのごろは手足がよく冷えて手がかじかむ。おでんは悪くない……」

京伝は指先をさすりながら、ぽつりとつぶやいた。

こまりは京伝の前に湯気のたちのぼる熱々の器をおいた。

「さぁ、どうぞ」

京伝は気だるげに箸をとり、器のなかの具をつつきはじめる。

ふいに器のなかをのぞきこんではっと目を見張った。

「なんだ、これは!」

京伝がおどろいて箸でつまみあげたのは味のよく染みこんだたまごである。

しかし、ただのたまごではない。

そのたまごは一面が黄色だった。

「いったいどうなっているんだ? 白身はどこへいったんだ?」

「先生、食べてみてください」

京伝は呆気にとられて、かたまっている。

こまりは京伝の背中をしずかに押した。

京伝はそっとたまごにかじりつく。

京伝のくちのなかで、黄身がほんわりほどけた。

「すごい。なんだこれは。どうなってるんだ。白身がなかにはいっているぞ！」

京伝は目を爛々と輝かせて叫んだ。

「秘儀、忍法黄身がえしの術です」

こまりは充分な手ごたえを感じて得意になった。

やっと京伝をおどろかせることができたようだった。

「黄身がえしだと？　いったいどんな秘術を使えばこんなことができるんだ？」

たまごは黄身と白身がすっかりいれかわっていたのである。

「なかなかこつがいるんですけれどね」

こまりはもったいぶって軽く咳ばらいをした。

「たまごの頭のほうに、針でちょこっとだけ穴をあけるんです」

こまりは籠からなまたまごをとりだし、実践してみせた。

力をいれすぎると穴があきすぎて割れてしまう。

中身がこぼれないくらい、ほんの小さな穴をあけるのがこつなのだ。

「それから糠《ぬか》味噌のなかへ五日ほど漬けこんでおくんです。水でよく洗ってよく転がしながらゆでると、ふしぎなことに黄身と白身がひっくりかえるんです」

「それだけなのか？　いったいどういったからくりなのだ？　どうして糠味噌に漬けるだけで中身がいれかわる？」

京伝は、はじめての玩具をあたえられた子供のように身をのりだして、こまりの手もとをのぞきこんだ。

「じつはもうひとつ、こつがあるんです」

こまりはてぬぐいをとりだすとたまごをそっとつつんだ。

たまごが転がりおちぬように両端をきつく結ぶ。

「あたしもどういうからくりなのかよくわからないんです。でも糠味噌につけるだけじゃ、うまくいかないことも多くて」

こまりは首をひねった。

「やけ酒して、酔っぱらって、たまごを手ぬぐいでつつんでぶんまわしていたら、なぜかうまくいったんです」

「あれはたまげたなぁ。姐さんもとうとう乱心したかと思ったぜ。まさかこんなからくりがあったのか」

ヤスがおかしそうに笑った。

「それがきっかけになっていろいろ試行錯誤して、たまごをたくさん転がしたら、うまくいくってことに気がついて」

こまりはぐるぐると勢いよく独楽《こま》のように手ぬぐいをふりまわした。

「すっぽぬけて、たまごをよく壁に叩きつけてたもんなぁ」

ヤスが意地悪い笑みをうかべて、からかった。

「うるさいわね！　失敗をおそれていたら新しい料理は生みだせないのよ！」

こまりは、てぬぐいをぶんぶんふりまわしながら叫んだ。

こまりは知るよしもないが糠味噌に漬けることは発酵を意味している。

有精卵は温めると五日で卵黄が卵白の水分を吸収し、卵白は半分になる。

黄身は油分をふくんで軽いため上にあつまりやすく、ぐるんぐるんぶんまわすことで遠心力がはたらき、黄身と白身が入れ替わるからくりであった。

「あとはいつものおでんをつくる時とおなじように、たまごを煮込んでできあがりです」

「しかし、俺もすっかりだまされたぜ。煮汁が濃いから京伝先生がたまごをとりだすまでちっとも気づかなかった」

ヤスまでも感嘆の声を漏らし、京伝は感慨深そうにほうっと息をもらす。

「すごいな。まるで玉手箱のようなおでんだ。みているだけで楽しくて童心に帰るようだ」

京伝は頬をほころばせ、黄身がえしのたまごをむさぼった。

京伝はあっという間にたまごをたいらげた。

大根、こんにゃく、豆腐と次々と箸をのばし、堪能していく。

「大根もよく味が染みていてほくほくでやわらかい……。箸をいれるだけで溶けるようにほぐれるぞ……」

障子のように真っ白だった京伝の頬に次第に赤みが増していく。

「はっ！　ひらめいたぞ……」

京伝は突如雷にうたれたようにたちあがった。

「湯水のごとく情景があふれでてくる！　やはり俺は鬼才だったのだ！」

京伝は箸をかなぐり捨てる。

こまりはおどろいた。

「先生、まだ食事の途中です！」

「今じゃなきゃだめなのじゃ。これにてごめん！」

疾風迅雷、怒濤のごとく、京伝は店をでていった。

こまりは慌てて京伝のあとを追った。

京伝は長屋へもどり、すぐに文机にむかう。

筆をもつと、すさまじい勢いで手を動かしはじめた。

いままでの停滞が嘘のようだ。

京伝の筆は濁流のごとく疾《はし》り、次々と紙がめくられていく。

「いいひらめきがあったようだな。よかったな。これにて一件落着だろ」

ヤスが追ってきて、こまりの肩をぽんっと叩いた。

こまりは一心不乱に筆を走らせる京伝の薄い背中をみつめた。

ほっとひと息ついてよいはずなのだがなぜか安堵できない。

一抹の不安がこまりの胸をよぎる。

「不調から抜けだせたのはよかったけど……」

こまりはすこしさびしい気持ちを抱えながら店にもどった。

すっかり冷えた食べかけのおでんが放置されているのをみると、やはり胸がざわついた。

「このままで本当に大丈夫なのかしら？」

京伝は三日三晩、不眠不休で筆を走らせつづけた。

こまりはいつまでも京伝が店に顔をださないことに痺《しび》れを切らして、長屋にでむいた。

「先生。そろそろお休みになられては？　あんまり無理をしすぎるとお体を壊しますよ」

こまりは食事の載った盆をもって、声をかけた。

しかし京伝からのこたえはない。

京伝は勝手に部屋へ入っても気づきもしない。

まるでとり憑かれたように没頭し、筆を走らせつづけている。

「先生ったら」

こまりが肩をゆさぶると筆がかすかにぶれた。

京伝は書き損じたことにかっとなって怒鳴った。

「うるさいっ！　なにをするか！」

「でも、先生。もう三日も寝ていなければ食事もろくにとっていないじゃありませんか。このままでは死んでしまいますよ」

「今とてもいいところなんだ。いいところで流れをとめたくない。食事ならおいておいてくれ。ひと息つきたくなったらちゃんと食べるから」

「そういって、昨日も一昨日も食べてくれなかったじゃないですか」

こまりが何度言い聞かせても、京伝はわずらわしそうにあしらうばかりで、ちっともとりあってもらえない。

長屋の空気はぴんと張りつめていて緊張感で満ちていた。

とても京伝に食事をとってもらえる雰囲気ではなかった。

こまりは言いたいことは山ほどあったがぐっとこらえる。

あれほど悩んでいた物語がようやく軌道にのりはじめたのだ。

こまりだってあまり水をさしたくはない。

「じゃあ、先生。ごはん、おいておきますからね。あとで必ず食べてくださいね」

こまりは盆を床においてひきさがった。

京伝はすっかり物語の世界へもどってしまった。

うんともすんとも返事はない。

こまりはどうしたものかと嘆息した。

あの様子では口にしようとした時には料理はことごとく冷め切っているだろう。

料理はいつだってつくりたてが一番だ。

秋も深まり肌寒くなってきたからこそ、暖かい味噌汁で温まってほしかったのだが。

「だめね。手をとめて食べたくなるくらいおいしい料理をつくらなくちゃ」

気落ちしている場合ではない。

こまりは両頬をぺちんと叩いて気合をいれなおした。

こまりは長屋をでるとどこまでもつづく曇天に覆われた空を見上げた。

ぽつりぽつりと降りはじめた雨がこまりの頬を打った。


陰気な雨は次第にはげしさを増し、ひと晩中降りつづけた。

明け方には小雨になったもののいつになくひんやりと肌寒い。

「う～……、寒い……」

こまりは肩を抱いて、ぶるっとふるえた。

「先生、ちゃんとごはん、食べてくれたかしら……」

こまりは京伝が気がかりで、長屋をふたたび訪れた。

障子戸をあければ、手つかずの味噌汁とにぎり飯が冷えきったまま放置されていた。

にぎり飯はすっかり干からびてかたくなっている。

「やっぱり、だめだったか……」

こまりはがっくりと肩をおとす。

「先生、昨晩はとても冷えたでしょう？　すこしはおやすみして温かいお味噌汁でもすすりませんか」

文机にむかう京伝の背中に声をかける。だがやはりこたえはない。

「もう先生ったら――」

ふと異様な違和感がした。

室内は、しとしとと降りつづく雨音のほかはなにも聞こえない。

しん、と静まりかえっている。

京伝が筆を走らせる音も紙のすれる音もしない。静かすぎる。

「先生っ」

こまりは悲鳴をあげた。

京伝は文机につっぷして、筆をにぎりしめたまま白目をむいていた。

「なんだなんだ、朝っぱらから騒々しい。強盗でもでたか」

ヤスがこまりの悲鳴を聞きつけて、顔をだした。

ヤスはぼりぼりと脇腹をかき、あくびを噛みしめている。

「ヤス！　先生が！　先生が！」

こまりは頭が真っ白になり、錯乱して叫んだ。

京伝の背をはげしくゆさぶるが京伝はぴくりとも動かない。

「無理が祟《たた》ったんだわ。はやく医者を呼ばないと……！」

「待て。おちつけ」

ヤスは京伝の腕をとって脈をとる。

それから口もとにそっと耳をよせた。

「こりゃ、寝ているだけだな」

「え？」

こまりもよく耳をすませば、かすかに小さな鼾が聞こえてくる。

「夜明けまでがんばって書いていたが睡魔に負けたってとこだろ。ったく書いても書いていなくても人騒がせな先生だぜ」

ヤスはあきれて京伝の腕を放りだす。

京伝はよほど疲れているのか、耳もとでわめかれようが肩をゆすられようが昏々と眠りつづけていた。

「よかった、死んじゃったかと思った……」

こまりはすっかり腰をぬかして動けない。

心ノ臓がはげしく脈を打っている。

「しばらく、そっと寝かしておこうぜ。よっぽど疲れていたんだろう」

「そうね。起きた時、のんびりゆっくり、ごはんを食べてもらいましょう」

こまりはほっと胸をなでおろした。


小雨がやみ、日も高くのぼったころ、こまりはもう一度、長屋を訪れた。

京伝はようやく目を覚ましたところだった。

のっそりと起きあがり、ぼりぼりと月代をかく。

頭がまわらないのかぼうっと天井の染みを見つめている。

「先生。目がさめましたか。お腹空いたでしょう。小毬屋で温かいお味噌汁でもいかがですか」

「俺はどれくらい眠っていた。今の刻限は」

「もう昼九つ（正午）の鐘が鳴りましたけど」

「なんだと」

京伝はぎょろりと目をむいた。

「飯はいらぬ。ずいぶんと時を無駄にしてしまった。俺はいまから仕事をする」

「仕事って。先生、ずっとごはんを食べていないでしょう。お腹すいたんじゃないですか」

「腹がふくれたら眠くなるだろう。眠くなったら仕事にならん」

京伝は苛々したきつい口調でつっぱね、鬼気迫る青白い顔で筆をにぎる。

くしゃりと紙にしわがよった。

「そんな……。無茶ばかりすると本当に死んでしまいますよ」

「平気じゃ。そう簡単に死にはせん。一寸たりとも手をとめたくない。気が散るから、さっさとでていってくれないか！」

「ちょっと先生！ 待ってください！」

京伝は、こまりを無理やり追いだすとぴしゃりと障子戸を閉めた。

「先生ってば……」

こまりは茫然と長屋をあとにした。

うかない顔で小毬屋へもどると、ヤスにはあらかたの察しがついたようだ。

「おせっかいがうまくいかないって顔だな」

ヤスはつき放した言葉をかけてくる。

「まぁ、ぴんぴんしてたならよかったじゃねえか。なにごともなくてよ。放っておいてくれといわれたんなら望みどおり放っておいてやったらいいだろう」

「放っておくなんてできないわ。あんなに飲まず食わずでいたら本当に死んでしまうわよ。戯作者って、みんなあんな風なのかしら」

こまりはだんだん腹がたってきて、どっかりと腰をおろした。

「蔦重のいったとおりだったな」

ヤスがにやりと笑う。

「え？」

「夢中になると寝食を忘れるから、飯屋があずかってくれるなら安心だっていってたじゃねぇか」

「そうだったわね……」

こまりは頭を抱えた。

蔦重はおおげさに誇張しているのだと考えていたが、京伝は文字どおり寝食を忘れ、執筆に没頭している。

「だったら、なおさら放っておけないわ。蔦重さんにはいろいろとお世話になったもの。先生が倒れたとなったら顔むけできないわ」

「たしかにな。たまごをたくさんもらったしよ」

「やっぱりなんとかして、先生にご飯を食べてもらわなきゃ」

　こまりは鼻息荒く、こぶしをにぎりしめた。

「どうやってだ？　熱中している先生の手をとめるのは至難の業だぜ。無理やりやめさせて筆がとまったら元も子もねえしな。あの先生は案外繊細だからよ」

　ヤスも野菜の皮をむく手をとめて考えこんだ。

　京伝にまた書けなくなったと大騒ぎされたら、今までの苦労がすべて水の泡となってしまう。やっかいな客をあずかってしまったものだ。

「そうだわ」

　こまりはひらめいてぽんっと手を叩いた。

「手を動かしたままでも食べられる料理にすればいいのよ」

「たしかに仕事をしながら片手間に食える飯なら一番いいだろうな」

　ヤスも相槌を打つ。

「にぎり飯でもつくるか？」

「普通のにぎり飯じゃだめ。先生の気をひくような料理じゃないと。きっと見むきもしてくれないわ」

こまりはひと口も食べてもらえず、かぴかぴに乾いたにぎり飯を思いだす。

「やれやれ。面倒な客を背負いこんじまったもんだぜ、まったく」

ヤスは頭をかいて、ぼやいた。

「で、どうするよ」

「散歩にいってくるわ」

「なんだって」

「なにも思いつかない時は一度頭をからっぽにする。犬も歩けば棒にあたるってやつよ」

こまりはふたたび外にでた。

小雨はやみ、ところどころに水たまりができている。

「どんな料理だったら先生は食べてくれるかしら」

こまりは歩きながら、たまご百珍の内容を思いだしてみる。

ためしてみたい料理はいくつかあったがもう肝心のたまごが残っていない。

蔦重に無心するのも忍びないし、小毬屋のふところも厳しい。

次はたまごに頼らない料理がいいだろう。

「また大野屋さんのところへいってみようかしら」

大野屋に相談すればまた別の書物を貸してくれるかもしれない。

こまりはすれ違う人々には目もくれず、大野屋を目指そうと踵をかえしたその時。

「おや、この前の女将さん。どうです？　おどろかせる料理つくれましたか？」

こまりは背後からふいに声をかけられて足をとめた。

ふりかえれば、この前、さんまを売っていたぼてふりがいるではないか。

こまりは喜々として、ぼてふりに近寄った。

「いいところで会ったわ。また人をおどろかせる料理をつくりたいの」

「またですかい。女将さんはからくり師でも目指したほうがいいね」

ぼてふりは痛快そうに笑った。

「とにかく変わったお客さんがいてね。目新しいものじゃないと食べてくれないのよ。変わった魚、仕入れていない？　誰も見たことがないような七色に輝く魚とか」

「そんな珍魚はあいにく扱ってませんぜ」

ぼてふりは苦笑をうかべた。

「だけど今日はまぐろがお安いですぜ」

ぼてふりは天秤棒をおろし、ざるのなかの赤身をみせた。

「まぐろかぁ。安いんだけど猫またぎじゃねぇ」

こまりは嘆息した。

この時代、痛みやすいまぐろは下魚で、魚好きの猫もまたいでとおる猫またぎと呼ばれ人気がなかった。

「いや、まぐろはたしかに人気がねぇ。そのお客さんも好きじゃねぇかもしれねぇよ」

ぼてふりの口調は熱がこもっていた。

「だけどよ、まぐろを生かしたうまい料理をつくれば、それだけでお客さんはおどろきなさるんじゃねぇかい？」

ぼてふりの言葉は一理あり、こまりにとって目から鱗の話だった。

たまごや鰹《かつお》といった人気のある食材はよろこばれて当然である。

だが、だれも好き好まない猫またぎを頬が落ちるくらい美味な料理に仕上げれば、京伝も目をまるくしておどろくにちがいない。

「まぐろ百珍って本はあるのかしら。あとで聞きにいかなくっちゃ」

「そんな本をさがさなくたって、まぐろが美味しくなるからくり忍法をあっしが特別に伝授してあげやしょう」

ぼてふりがごにょごにょと耳打ちする。

「いいですかい。醬油と酒で赤身を漬けるんでさ。そうすると臭みがとれて身がやわらかくなるんでさ」

「あんた、本当に商売が上手ね。まぐろの赤身をいただくわ」

「へい、毎度！」

ぼてふりはにっかりと笑った。

「さて、このまぐろをどう料理するかよね……」

こまりはまぐろを買いこみ、意気揚々と店にもどった。

「まずは一杯やりながら考えましょ」

こまりは厨房にたつと、とっくりの酒をなみなみと湯飲みにそそいだ。

「猫またぎに酒を呑ます前にまずはあたしよ」

酒を一杯浴びて気分をあげる。

鼻歌を口ずさみながらぼてふりに教わったとおり、まぐろは醬油と酒の漬けだれに浸してみた。

まぐろは醤油を吸いこんで、すっかり赤黒くなった。

こまりは漬けだれに浸した刺身を味見しながら酒をあおる。

「しょっぱいかしら。でも味は悪くないわね」

しかし、赤黒くて、このままでは見た目に花がない。

「先生に食べてもらうには食欲をそそるように見た目もあざやかにしたいわね」

こまりは、以前つくった色とりどりのぼた餅を思いだした。

あの時のように色鮮やかで目をひく料理をつくれば、京伝もこころを奪われるかもしれない。

「そうだわ！　お仕事しながらでも片手で食べられるようにしましょう」

こまりはひらめいて拍手を打った。

「でも、ただのおにぎりじゃ芸がないわねぇ。きっと見向きもされないわ」

こまりは焼き海苔を手にとりじっとながめる。

「なら、中身が見えるようにすればいいんだわ。華やかな色とりどりの具材が見えて食欲をそそるようにできないかしら」

おにぎりの具を見えるようにするためには、にぎってはならない。

しかし、ごはんをにぎらずでは食べる時にぽろぽろとこぼれ落ちて食べにくいかもしれない。

「ためしてみましょうか」

こまりは焼き海苔を食べやすいように折り紙ほどの大きさに切り分けた。

切った焼き海苔を広げてごはんを載せる。さらに漬けだれで味を吸わせた猫またぎがごはんの真ん中になるように載せ、くるくると焼き海苔を巻いてみる。

すると、猫またぎがはっきりと顔をだして目をひくではないか。

こまりは、ごくりと生唾を飲んで頭から海苔巻きのおにぎりにかぶりつく。

「んんっ。味の染みた猫またぎの身がぷりぷりして舌でとろけるわ。ごはんも強くにぎっていないから口のなかではらりとやさしくほどけて、ぱりぱりとした海苔の風味とやわらかい猫またぎの身の食感の違いが楽しめるし、たまらないわ」

こまりは、きっと京伝も気に入るに違いないと確信を抱いた。


日もとっぷりと暮れ、夜の帳《とばり》が降りたころ。

こまりは、ふたたび京伝の長屋にでかけた。

京伝は行灯に照らされ、まるで落ち武者のようなありさまだった。

髪をふり乱し、真白い顔で筆を走らせつづけている。

こまりはそっとやさしく声をかけた。

「先生、ごはんにしませんか」

だが京伝はむっすりと押し黙ったままだ。

沈黙が漂う。

「先生」

「そこにおいておいてくれ」

こまりの言葉をさえぎって、そっけなく京伝はつぶやいた。

こまりは京伝のうしろに腰をおろす。

京伝はふりむきもせずに冷ややかに告げた。

「気が散る。さっさとでていってくれないか」

「嫌です。先生が食べてくれるまで一歩も動きません」

「邪魔だと言っているのがわからないのか？　いいところなんだ。ここで筆をおきたくない」

「先生、筆はおかなくてかまいません。片手で食べられる食事を用意しました」

「なに？」

京伝の手がふいにとまった。そっと顔をあげてふりかえる。

こまりはひさしぶりに京伝と目があった気がした。

「ひと口だけでいいんです。食べてみてもらえませんか」

こまりは京伝の前に皿をさしだした。

京伝のうろんな眼が食い入るように料理を凝視する。

「なんだこれは？　変わったにぎり飯だな」

皿の上には色とりどりの変わりだねのにぎり飯がのっていた。

米は具材とともに焼き海苔で巻きつけてある。

「ただのにぎり飯ではつまらないかと思って。手が汚れないようにいろいろな具とごはんを焼き海苔でつつんでみました」

にぎり寿司もまだ生まれていない時代である。

だが、こまりが京伝を想って作った料理は手巻き寿司に似たにぎり飯であった。京伝はこまりから目をそらさず、ぽつりとつぶやいた。

「たしかに、このにぎり飯ならば箸を使わずとも片手で食えるな」

こまりは釣り糸をたらした漁師のように獲物がかかる時を根気強く待った。

京伝はごくりと喉を鳴らし、そっと皿に手をのばす。

海苔をつかんで、そのまま口にふくむ。

京伝の頬がかすかにゆるんだ。

「醤油のよく染みた刺身と米がよく合う。口のなかで蕩けたぞ」

京伝は堰が切れたようににぎり飯をむさぼった。

「なんだ、この魚は？」

「猫またぎです。赤身を醤油漬けしたものです」

「猫またぎだと？　まずい魚だとばかり思っていたがくさみもまるでないな」

京伝はおどろいて目を瞬かせた。

「そうでしょう。醤油漬けすることでくさみが飛んだのです」

こまりは意気揚々と語った。

「具はそれぞれ違うので、ほかのも食べてみてください」

京伝はにぎり飯をひとつ、ぺろりと食べつくし、物足りなさげに指をひとなめした。

すぐにもうひとつのにぎり飯に食指を動かす。

「これは納豆となにがまぜてあるんだ」

「いかです。いか納豆ですよ。まぐろ納豆もあります」

「いかの弾力と納豆の粘り気がよく合って、おもしろい」

京伝は次から次へとにぎり飯をたいらげていく。

「こっちはなんだ」

「平目と梅です」

「さっぱりとしていてよいな。まぐろの味が濃いめだから口なおしになる」

「どうですか？　手も汚れないし食べやすいでしょう？」

「ああ、五臓六腑に染みわたるよ」

京伝は味噌汁に手をのばしてすすった。

肩の力が抜けたのかほうっと息を吐く。

こころなしか京伝の頬に赤みが指してきたように見えて、こまりは胸をなでおろした。

「先生。明日も明後日もこのにぎり飯を用意しますから、ちゃんと食事はとってください。約束してくださいますか？」

「こまり殿」

京伝は、ずっと離さずにいた筆をようやくおいた。

姿勢をただし、こまりにむきなおる。

「俺は飯を食う暇も寝る暇ももったいないと執念で書きつづけてきた。だが、やはり食事は大切だな……。熱中するあまり腹が減っていることも忘れていたがこうしてうまい物を食べると力が湧きあがってくる」

「その意気ですよ、先生」

京伝は春の日ざしのような柔和で明るい笑みを浮かべた。

「ありがとう。温かいお茶をもらえるだろうか」

「はい、ただいま」

こまりはにっこりとほほえみかえした。


それから一月あまりして京伝はようやく物語を書きあげた。

祝賀会が小毬屋で盛大に開かれた。

参加者は京伝にくわえて、蔦重、それに玄哲、山野屋と、なぜか銕之丞《てつのじょう》と白旗の姿もある。

「いやあ、このたびはありがとうございました。小毬屋のおかげで無事、新しい洒落本を世に送りだすことができます」

京伝は新しい物語を書きあげ、憑き物が落ちたようなすっきりとした顔つきで、こまりとヤスに深々と頭をさげた。

「どういたしまして。お力になれてよかったです」

膳にはさんまの豆腐はさみ焼きや黄身がえしのたまごのおでん、漬けまぐろのにぎり飯など京伝のために苦労して編みだした料理の数々が隙間なくならんでいる。

「今日は無礼講だ。こまり殿もどんどん呑んでくれ」

京伝の酌をうけて、こまりは威勢よく酒をあおった。

「では、今日の勘定は先生のおごりですか」

鋏之丞がほろ酔い加減で馴れ馴れしく言葉をかける。

「なにをいうか。今宵は割り前勘定じゃ」

京伝はしれっと真顔でこたえた。

割り前勘定とは支払い額を頭数で等しく割ったやり方で――つまり割り勘である。

「ええっ。割り前勘定などとは聞いておらぬぞ！」

「いや、鋏之丞は払いなさいよ。あんたはよそ者でしょう」

こまりは鋏之丞をいさめた。

京伝が支払いをすると思いこんでいた面々がぶつぶつと文句をたれ流しはじめる。だが京伝にとっては屁のかっぱらしい。

「俺はいつも割り前勘定を常としておる。いつご公儀から過料処分をうけるかわからんからな」

「さすが。お得意の京伝勘定ですな」

蔦重が呵々大笑した。

京伝勘定は今にはじまったことではなく、おなじみのことらしい。

「ご公儀のお咎めが怖くて大義はなせぬわ！」

京伝はすっかり出来上がっており、真っ赤な顔で気炎を吐いている。

「その意気ですぞ。我々はいつだって先生の味方です」

玄哲や山野屋といった熱心な信者が声をそろえる。

「まったく調子がいいんだから」

こまりはあきれた。

京伝は、ついこの間まで才能は枯れ果てたとむせび泣いていたというのに。

「それで銕之丞は支払いを踏み倒すおつもりか？」

白旗がにやりとして揶揄《やゆ》するようにたずねると銕之丞は憮然とした。

「まさか。愚弄《ぐろう》するな」

銕之丞はふんと鼻を鳴らし、銭がたんまりと入った巾着を掲げてみせた。

「俺様は小毬屋を憩いの場として高く買っておるのだ。俺様に息抜きの大切さを教えてくれたのはこまり殿だ。小毬屋には末永く繁盛してもらわぬと困る」

「左様でござるな。しかれば、ここは拙者のぶんも銕之丞が払ってはくれぬか」

白旗がさらりと告げると銕之丞は目を剝いた。

「なにっ。なぜそうなる」

「実は財布を忘れてきてしまいましてな」

白旗がしらじらしく頭をかくと銕之丞は激怒した。

「嘘をつくな！」

銕之丞は唾を飛ばしてわめき散らし、白旗は乾いた笑い声をあげている。

あまりのうるささに、ひじきが白旗の膝のうえから逃げていく。

せまい店のなかで銕之丞と白旗の騒々しい追いかけっこがはじまった。

まるで幼い子供だ。

小毬屋にとってこの程度の火盗改メのじゃれあいはすっかり日常茶飯事となっていて、こまりもはや注意する気もおこらない。

「そういえば、こまり殿」

玄哲が宴の輪から抜けだしてきて、こまりのとなりに腰をおろした。

「どうしたの？　お酒が足りなかったかしら？」

「いえ、こまり殿にお話ししたいことがありましてね」

玄哲は神妙な顔つきをした。

こまりは小首をかしげた。

「夏ごろから寺の無縁仏に熱心にお供え物をしておられたでしょう。黄緑のぼた餅だけじゃない、さんまの豆腐はさみ焼きや黄身がえりのたまご、小毬屋の新しい料理の数々を。なにか願かけでもしているのですか？」

ふと脳裏にやさしかった宗右衛門の顔が浮かんだ。

「そうね。会いたい人にいつか会えますようにって願かけをしているの。いつかその人と実家の水毬屋を復活させることがあたしの今の夢なの」

「じつは近ごろ、そのお供え物が頻繁になくなるのですよ」

こまりは冷酒を口にふくみ、そっと目を伏せた。

冷酒は喉をとおり、じんじんと熱い熱を身体中に巡らせていくようだった。

胸が高鳴った。

「狐のしわざ、じゃあないかしら」

こころをこめた料理を食べてくれる人がいる。

今はそれだけで充分に胸がいっぱいになる。

こまりは月を見上げた。

空には欠けた半月がぽっかりと儚げに浮かんでいた。

編集協力／小説工房シェルパ

本書は書き下ろし作品です。

よろず屋お市
深川事件帖

誉田龍一

幼い頃、実の父母が不幸にも殺され、お市は岡っ引きの万七に育てられる。よろず請負い稼業で危険をかいくぐってきた万七だが、彼も不審な死を遂げた。哀しみのなか、お市は稼業を継ぐ。駆け落ち娘の行方捜し、不義密通の事実、記憶のない女の身元、ありえない水死の謎——持ち込まれる難事に、お市は独り挑む。

ハヤカワ
時代ミステリ文庫

よろず屋お市
深川事件帖2　親子の情

誉田龍一

敬愛する元岡っ引きの万七が不審な死を遂げ、遺されたよろず屋を継いだ養女のお市。かつて万七の取り逃した盗賊・漁火の小四郎が江戸に戻っていることを知り、お市は独り探索に乗り出す。小四郎が犯した押し込みの陰で、じつの父と母が巻き込まれていた事実に辿り着くのだが……〈人情事件帖シリーズ〉第2作。

ハヤカワ
時代ミステリ文庫

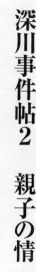

吉原美味草紙
おせっかいの長芋きんとん

出水千春

父を亡くし、大坂から江戸にでてきたさくら。彼女には一人前の料理人になり店をもつ夢があった。だが、吉原の妓楼〈佐野槌屋〉の台所ではたらくことに。乏しい食材でも自慢の腕をふるい、様々な悩みを解きほぐす――花魁の落涙の理由、男衆の暴れ騒ぎ、人形師の心の迷い……温かく人を包み込む人情料理物語。

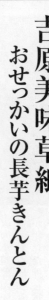

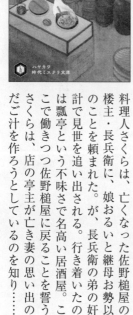

天魔乱丸

大塚卓嗣

切り落とされた信長の首を護り、森蘭丸は本能寺を逃げ惑う。が——猛り狂う炎が身体を呑み込んだ。目覚めたその時、右半身は美貌のまま、左半身が醜く焼け爛れていた。ここで果てるわけにいかない。蘭丸は光秀側の安田作兵衛を抱き込み、ある計略を仕掛ける。復讐鬼と化した美青年の暗躍！　戦国ピカレスク小説

ハヤカワ
時代ミステリ文庫

著者略歴　作家　福島県出身，東京都在住　本作にて小説家デビュー

HM=Hayakawa Mystery
SF=Science Fiction
JA=Japanese Author
NV=Novel
NF=Nonfiction
FT=Fantasy

居酒屋《いざかや》こまりの恋々帖《れんれんちょう》
おいしい願《がん》かけ

〈JA1493〉

二〇二一年八月十日　印刷
二〇二一年八月十五日　発行
（定価はカバーに表示してあります）

著者　赤《あか》星《ぼし》あかり
発行者　早川浩
印刷者　矢部真太郎
発行所　株式会社　早川書房

郵便番号　一〇一 - 〇〇四六
東京都千代田区神田多町二ノ二
電話　〇三 - 三二五二 - 三一一一
振替　〇〇一六〇 - 三 - 四七七九九
https://www.hayakawa-online.co.jp

乱丁・落丁本は小社制作部宛お送り下さい。送料小社負担にてお取りかえいたします。

印刷・三松堂株式会社　製本・株式会社フォーネット社

ISBN978-4-15-031493-4 C0193

本書は活字が大きく読みやすい〈トールサイズ〉です。